KB155636

마음이 어렵습니다

마음이 어렵습니다

옴니버스 마음치유 에세이

안미영 지음

종이섬

프롤로그

마음이 괜찮냐는 안부를 건네며

글을 쓸 때 수동형 문장을 싫어하는 편이다. 십수 년간 기자 생활을 하며 능동형이 더 좋은 문장이고 편안하게 읽히는 법이란 생각을 가지고 있었으므로 늘 수동형 표현을 자제해왔다. 내가 쓴 기사를 다시 읽어볼 때도, 남의 기사를 수정해줄 때도 퇴고 과정에서 수동형을 능동형으로 바꾸는 건 하나의 습관이었다. 하지만 지난 에세이 『회사 그만두고 어떻게 보내셨어요?』를 쓰면서 깨달았다. 어쩔 수 없이 수동형 문장으로 표현할 수밖에 없는 일들이 생각보다 훨씬 많다는 사실을.

의도와 달리 그냥 그렇게 '되어버린' 일들. 그런 일들이 인생에 참 많다. 최선을 다했지만 실패로 끝나버린 일이 있고, 진심과 달리 누군가에게 상처를 준 경험이 있으며, 전혀 예상하지 못한 순간에 이별하게 되는 인연도 있다. 꼭 인생을 뒤흔드는 커다란 사건사고가 아니라도 살면서 내 뜻에서 벗어난 일들, 그래서 담담하게 "그렇게 됐다"고밖에 말할 수 없는 일들이 일어난다. 흘러가는 인생에서 모든 게 주도적일 수만은 없으니 삶이 능동형으로만 기록될 수 없다는 건 당연한 게 아닐까. 그런 생각을 하고 나니, 뜻하지 않게 생겨난 일들을 받아들이는 것도 조금은 덜 힘겹게 느껴졌다. 대신 그럴 때마다 스스로에게 잊지 않고 중요한 물음을 던지려 노력한다. 지금, 마음이 어떠냐고. 나에게 묻는 안부다.

돌아보면 적절한 시기에 그 물음을 건네지 못했던 것 같다. 겉으로 보기엔 내 인생이 그렇게 험난하지 않은데, 굳이 말하자면 평탄하다고 할 수 있는데, 사람들에게 보이는 것과 달리 마음은 늘 너무 어려웠다. 주위 사람들은 "대체 네가 무슨 문제가 있어서 그러냐"는 말을 하곤 했지만, 삶에 큰 걱정거리가 없던 시기조차 평온함과 행복감을 오래 느끼진 못했다. 아무리 가까운 사람이라도 다 알지 못하고 온전히 이해해줄 수 없는 내 마음 상태에 대해, 괜찮냐고 안부를 물어줄 사람은 결국 나여야 했다. 그리고 이런 내게 맞는 마음공부도 필요했다. 그래서 힘들 때마다 마음을 다독여주고 다잡아주는 것들에 끌렸다. 자존감에 관한 책이나 심리학과 에니어그램에 관한 책을 찾아 읽었고 답답할 때는 역술가를 찾아간 적도 있다.

다른 사람들은 어땠을까, 누구나 마음이 어려운 부분이 있을 텐데 어떻게 자기만의 치유법을 찾고 마음의 문제를 해결했을까 하는 궁금증으로 사람들의 이야기를 듣기 시작했다. 조금은 '특별한' 도구에 끌린 이들을 찾아 나섰고, 각기 다른 방식으로 힘든 시기를 통과한 열 명의 여성들을 만났다. 가족을 잃은 슬픔, 이혼의 상처, 실직의 충격, 남자친구의 배신, 엄마와의 갈등, 오래된 가족 트라우마 등 그들이 겪었던 이야기는 다양했다. 뚜렷한 이유 없이 두려움과 우울로 힘들어

한 이도 있었고, 삶의 방향을 전환시킬 만큼 큰 사건을 겪은 이도 있었다. 물론 그 아픔과 상처의 크기는 서로 비교할 수 없을 것이다. 힘든 시간을 통과하며 겪은 일들은 타인이 재단할 수도, 가늠할 수도 없는 온전한 개인의 경험이자 역사이므로.

그들에게 마음이 어렵고 풀리지 않는 응어리가 있을 때 어떻게 치유의 과정을 거쳤는지 질문했다. 고통으로부터 배움을 얻고 앞으로 나아갈 수 있게 해준 것은 무엇이었냐고. 힘든 마음을 치유하고 공허함을 채우는 데 도움을 받은 것들, 그리고 자기 자신과 삶에 대해 조금 더 잘 이해하는 방법을 찾아간 과정에 대한 이야기를 나눴다. 그것은 향기나 컬러, 그림 같은 예술적인 방식도 있었고, 에니어그램과 명리 등 '나'라는 한 인간에 대한 자기사용 설명서를 찾아가듯 스스로를 알아가고 가까워지는 방식도 있었다.

『회사 그만두고 어떻게 보내셨어요?』를 출간한 뒤, 한 인터뷰에서 “이 책은 분명 퇴사 책이지만 ‘시간에 관한 에세이’로도 볼 수 있다”고 말한 적이 있다. 인생의 한 챕터를 마무리한 이들이 보낸 ‘퇴사 이후의 시간’에 대한 이야기라는 의미에서였다. 『마음이 어렵습니다』 역시 마찬가지로 시간에 관해 쓴 글이라 할 수 있다. 마음의 문제를 겪거나 인생의 고비를 맞닥뜨린 이들이 치유의 과정을 거쳐 다음 시기로 접어든 이야기를 담았다는 점에서 그렇다. 이 책을 준비하고 집필하는 동안 내 마음에는 시간에 대한 존경이 싹텄다. 시간은 그냥 흐르지 않는다. 외로움과 괴로움, 온갖 감정의 소용돌이를 겪으며 괜찮아지기 위해 노력한 한 개인의 시간은 누구와도 비교할 수 없는 소중한 역사로 남고, 이전과 달라진 존재로 살아가게 한다.

열 명의 여성들의 이야기를 독자들과 공유하며, 내가 받았던 치유적 느낌이 독자들에게도 전해지길 바란다. 그리고 우리 모두가 마음에 대한 안부를 물으며, 자기만의 든든한 치유법 하나 정도는 가지고 살아갈 수 있다면 좋겠다. 햇살이 내리쬐다가도 갑작스레 궂은 날씨가 찾아오는 우리의 인생길을 보다 의연하게 걸어나갈 수 있도록 말이다.

2019년 봄, 안미영

차례

그리다, 마음을 표현하다

서양화가인 K작가는 캔버스에 유화 물감으로 아이의 얼굴을 그리는 작업을 한다. 회사를 다니다 데뷔전과 함께 전업화가의 길을 걷기 시작한 그녀는 본래 화가를 꿈꾸던 사람은 아니었다. 그림 그리는 것을 좋아해 늘 자발적으로 그림을 그렸고 잘한다는 칭찬을 들었을 뿐이다. 고등학교 3학년이 되던 무렵 친구의 권유로 1년간 입시미술을 준비해 서양화과에 진학했지만 졸업 후에는 조금의 망설임도 없이 직장인의 삶을 선택했다. 좋아하는 것을 직업으로 삼기가 주저되었기 때문이다. 더구나 그림에 가격을 매겨 판매한다는 것에 대한 부담감도 있었다. 학교에서는 그림을 그리는 테크닉에 대해 배울지언정 화가라는 직업인들의 노동시간이 얼마만큼의 값어치가 있는지에 대해서는 알려주지 않았다. 작품을 팔아 살아가는 방법에 대한 정보를 얻을 수도 없었다. 화가라는 직업에는 가난하고 순수한 예술가의 이미지만 존재했다.

졸업 후 취업한 곳은 미술품 경매 회사. 여러 미술품 컬렉터들을 만나며 전반적인 고객관리를 하는 것이 주요업무였다. 몇 년 동안 아예 그림을 그리지 않고 회사생활만 했다.

사람을 만나는 일이 생각보다 적성에 잘 맞았기에 만족스러웠다. 그 무렵 결혼을 해서 자신의 가정도 이뤘다. 가정생활도 직장생활도 모두 안정된 시기였다.

하지만 그녀는 회사를 다니다 결국 다시 그림을 그리기 시작했다. 그녀가 대학 시절 그린 그림을 눈여겨보았던 한 갤러리의 대표가 전시를 열어보자고 제안한 것이 직접적인 계기였다. 취업을 하기 전까지 일관되게 그렸던 어린아이의 그림을 마음껏 그려볼 수 있는 기회. 사실 그림 속 그 아이는 그녀가 오래도록 마음속에서 그리워하고 있는 존재였다.

그녀는 아홉 살 때 당시 여섯 살이던 남동생을 눈앞에서 일어난 교통사고로 잃었다. 가장 가까운 존재, 누구보다 아끼던 동생의 사고를 직접 목격한 것은 잊을 수 없는 충격이었다. 그날도 유치원복을 입은 모습이 참 예뻐서 스케치북에 동생을 그려줬는데, 함께 밖에 나가 놀다가 들어오는 길에 사고가 났다. 처음에는 막연히 병원에 간 동생이 돌아오길 기다렸다. 돌아오면 깁스 위에 그림을 그려줘야지 생각하면서. 그러나 결국 동생은 돌아오지 못했고 이젠 그날을 떠올리면 너무 많이 울었던 기억만이 남아 있다.

누구도 동생의 갑작스러운 부재에 대해 차분히 설명해주지 않았다. 장례를 치르자마자 어른들은 동생의 사진과 함께 그날 그녀가 스케치북에 그린 그림까지도 모두 정리했다. 상황을 똑바로 마주하고 감당하기에는 가족 모두에게 너무 힘든 사건이었다. 그녀는 자신도 모르게 슬픔을 억눌렀고 동생을 찾으며 우는 일도 없었다. 어린 마음에도 왠지 부모님 앞에서 슬퍼하는 모습을 보이기 싫었다. 그 일이 있은 뒤 한 번도 슬픔이란 감정 앞에 솔직하지 못한 채 어른이 됐다.

다만 조금이나마 이야기를 털어놓을 수 있는 순간은 그림을 그릴 때였다. 어디서도 동생의 흔적을 찾을 수 없다는 사실이 절망적이었고 그리운 마음이 너무도 컸기에 인물화만 그렸다. 엽서 크기의 작은 캔버스에 아이를 그리고 그 아이가 좋아할 만한 것들을 그려 넣은, 일기 같은 작품이었다. 정확히 동생의 모습을 그린 건 아니었지만 그 속에는 지극히 개인적인 이야기가 담겨 있었다.

그런 그녀의 그림은 대학 시절 교수들에게 좋은 평을 얻지 못했다. 작품을 내놓으면 늘 다른 작업을 해보면 좋겠다는 반응이 돌아왔다. 무언가 작가적 사상이나 사회적 메시지를 담아보길 원하는 이들의 눈에는 큰 의미가 없는 사소한 작업으로 비친 듯했다. 하지만 그녀로선 누구에게도 드러내지 못했던 마음을 드러낸 작품이었다. 남에게 보여주기 위한 그림이 아니라 자신에게 주고 싶은 그림을 계속 그려나갔다.

그런데 또 한편으론, 상업적 시각을 가진 이의 눈에는 그것이 달리 보였던 모양이다. 대학교 4학년 2학기 때 학교에 출강을 나왔던 어느 갤러리의 대표가 그녀의 작품을 구입하겠다고 했다. 선물로 드리고 싶다는 마음을 표했지만 그는 가격을 정해서 알려달라고 재차 요구했고, 그녀가 고심 끝에 말한 가격의 두 배에 해당하는 금액을 봉투에 담아 건네주며 작품을 구입해갔다. 첫 번째 컬렉터가 생긴 셈이다.

한창 회사를 다니던 무렵 전시를 제안한 사람도 바로 그였다. 작가를 발굴하고 관람객들이나 컬렉터들과의 접점을 만들어주는 이답게 그는 작품의 이면에 대해 알고 싶어했다. 그녀의 그림을 산 지 몇 년 만에 작품에 대한 아픈 이야기를 들은 그는 “100이란 숫자에 완벽하다는 이미지가 있으니 아이 그림을 원 없이 100점을 그려 전시해보면 어떻겠냐”고 제안했다. 그리고 덧붙였다. “그렇게 전시를 한번 하고 나면 마음의 응어리가 풀리지 않겠어요?" 회사를 그만두고 싶을 만큼 솔깃한 제안이었다. 마음속에 있는 묵직한 것을 일단 꺼내고 덜어내면 홀가분해질 수도 있지 않을까. 화가의 길을 가겠다는 대단한 결심보다는, 어린 시절의 트라우마와 용감하게 마주해보고 싶다는 마음으로 회사를 그만두고 작업을 시작했다. 임신한 몸으로 첫 번째 전시를 준비해나갔다.

본격적인 작품활동을 시작하면서 점차 분명하게 느낀 사실은 지금까지 동생에 대한 희미한 기억을 잊을까 두려웠다는 것, 그리고 어른이 되면서 몸만 성장했지 마음은 사고가 난 그 시절에 그대로 머물러 있다는 것이었다. 너무 슬퍼서 잊고 싶은 마음도 있었지만 동시에 동생의 얼굴을 기억하고 싶다는 마음도 존재했다. 그림은 동생을 기억하고 동생과 소통할 수 있는 유일한 창구였다. 그림을 그리는 동안에는 오롯이 몰두하며 마음을 털어놓는 기분이었다. 동생에게 뭔가를 해주는 듯했고 덕분에 치유받는 느낌도 들었다.

그렇게 개최한 첫 전시. 엽서 크기의 아이 그림 100점이 갤러리 벽면에 빼곡히 걸렸다. 전시 오프닝 행사가 열린 날 갤러리를 찾은 그녀의 부모님은 눈물을 흘렸다. 그동안 왜 그렇게 지속적으로 아이들을 관찰하고 그려왔는지 한 번도 설명한 적이 없지만 부모님은 갤러리에 걸린 작품을 보자마자 바로 깨달으신 듯했다. 서로가 힘들다는 것을 알면서도 슬픔을 들키지 않으려 노력해온 시간이 참 길었다. 부모님은 '너도 오래 그리워하고 있었구나.' 하는 눈빛으로 그녀를 보며 고맙다는 말을 건넸다. 그 눈물을 통해 큰 위로를 받았다.

전시는 매우 성공적이었다. 90여 점의 작품이 판매되며, 미술계에서 인상적인 데뷔전을 치른 신진작가가 됐다. 그녀가 개인적인 이야기는 하지 않았음에도 관람객들은 작품 속 아이의 눈에 대해 자주 언급하곤 했다. 예쁜 눈이지만 슬픈 감정이 느껴진다는 반응. 그런 감상에 이끌려 구입하는 이들이 많았다. 어린 아들을 병으로 잃은 적이 있다는 한 컬렉터는 아이 사진을 보내며 아이의 특징을 넣은 그림을 그려달라고 따로 요청해오기도 했다. 요청에 응하면서도 끝내 그에게 자신의 이야기를 털어놓진 않았지만 비슷한 아픔을 가진 이와 작품을 통해 공감한 특별한 경험이었다.

전시를 마친 뒤에도 완전히 괜찮아지지는 않았다. 마음속에 여전히 동생에 대한 감정이 남아 있었다. 그려냄으로써

잊히는 게 아니라, 작업하는 동안 온전히 몰입해 더 깊이 생각한다. 그러므로 100점을 그렸다고 해서 떨쳐낼 수 있는 감정은 아니었다. 오히려 마음속 슬픔의 결을 제대로 들여다보게 됐다. 그리고 한 가지 큰 의미가 있었다. 누구에게도 말해본 적이 없는 슬픔을 일기 같은 그림을 통해 처음으로 세상에 꺼내놓고 대중과 공유했다는 점. 사실화가 아니므로 그 아이가 동생의 모습과 같지도 않았고 굳이 누구를 대상화한 것인지 관람객에게 알리지도 않았지만 용기를 내어 전시를 한 덕분에 자신에게 솔직할 수 있었다. 내면의 장애를 한 단계 넘어선 것 같았다.

첫 전시 이후 딸이 태어났다. 딸이 유치원에 다닐 나이가 되자 그녀는 자연스럽게 딸을 보며 동생의 모습을 찾았다. 예전에는 그 또래의 남자아이들을 그렸지만 딸을 키우면서 모델이 여자아이로 바뀌었고 보다 큰 사이즈의 작업을 하게 됐다. 그 작품들로 두 번째 전시를 개최했다. 그리고 자신을 드러내는 일에 더 용감해져, 여자아이의 얼굴을 모티브로 자신의 이야기를 하며 상처를 극복하는 작업을 시작했다. 100호 사이즈의 커다란 캔버스에 얼굴만 클로즈업해서 그리며 스스로를 들여다보는 작업이었다. 자신이 무서워하는 새를 그리고 그 위에 정면을 응시한 아이의 얼굴을 크게 그려서 덮어버리는 작품도 시도했다. 동생을 잃은 슬픔을 극복하려는 노력과 마찬가지로, 트라우마를 대면하는 과정이었다. 그것은 '용기'에 관한 작품이기도 했다. 아이의 얼굴을 그리며 자신의 이야기를 하는 것이 몇 년간 그녀만의 프로젝트로 자리 잡았다.

지금까지 인생에서 가장 힘들었던 시기는 바로 그 사고가 일어났던 어린 시절이었다. 트라우마를 치유하는 프로그램이나 상담을 제때 접해보지 못하고 아물지 않은 상처를 가진 채 어른이 되었다. 그림을 그리다 한번은 그런 생각이 들었다. '나는 그나마 그림이라는 도구가 있어 마음을 표현할 수 있지만 그런 도구 하나 없는 사람은 얼마나 막막할까.' 하는. 그런 사람들의 말을 들어주는 사람이 되고 싶었다. 자신에게 치유하지 못한 상처가 있으니 남을 치유해주고 싶다는 마음이었다. 그래서 전공과 별개로 미술치료 과정을 밟았다.

미술치료 프로그램은 치료가 필요한 사람들이 그린 그림을 보고, 드로잉의 방식이나 사용하는 색감을 바탕으로 심리를 유추한 뒤 겉으로 드러내지 못하는 어려운 감정을 끄집어내어 해소하도록 돕는 것이다. 그런데 남을 돕기 위해 배운 미술치료가 오히려 자신에게 더 큰 도움이 됐다. 스스로를 알지 못하면 남을 도울 수 없다는 사실과 마주했다. 자신이 내면의 상처가 참 많은 사람이란 걸 새삼 깨달았다. 왜 아이 그림을 계속 그렸는지 알게 됐고 자신의 마음을 좀 더 자세히 들여다볼 수 있었다.

둘째가 태어난 뒤 주부의 역할이 더 커진 와중에도 틈틈이 몇 차례 전시를 했다. 최근에는 처음으로 둘째를 그리고, 눈을 감고 있는 동생의 실제 얼굴을 100호 사이즈에 그려 전시했다. 자신의 두 아이와 동생의 모습, 그리고 지점토를 이용한 입체 작업까지 망라해 선보였다. 두 아이를 키우면서 동생의 사고가 있었던 여섯 살 무렵이 다가오는 게 두렵고 아이들의 안전에 대해 굉장히 예민해지는 걸 보면 아직 트라우마가 남아 있는 듯하다. 그렇기 때문에 치유의 작업으로서 그림을 계속 그리고 있는 것이리라.

지금은 조금 다른 작업도 시도해보고 있다. 그동안 배경이 없는 인물화만 그려왔다면, 이제 그 배경 자체에 관심을 가지기 시작했다. 배경을 그리지 않았던 건 아이의 모습에만 집중하기 위해서였지만 이젠 그 아이를 관찰하게 만든 배경에 대해 설명하고 싶은 마음이 생겼다. 조금 전까지 아이가 머물다 나갔을 법한 공간이나 상황을 보여주며 아이가 아닌 다른 영역에 대한 이야기를 해보려 한다. 처음으로 인물화에서 벗어나, 한층 더 깊이 자신에 대한 이야기로 다가가는 작업이 될 것이다.

그녀는 어린 시절 동생을 잃지 않았다면 화가가 되지 않았으리라 생각한다. 속마음을 표현할 수 있는 유일한 방법이 그림이었기에 선택했고, 전시를 하면서 상처와 대면할 수 있는 담대한 용기가 생겼으며, 그때 그렇게 아팠다고 부모님에게도 솔직히 표현할 수 있었다. 아직 완벽히 치유되었다고 생각하지 않고 앞으로도 그것이 가능하리라 확신할 수는 없다. 지금도 치유의 과정 속에 있다고 생각한다. 하지만 분명한 건 그림으로 많은 도움을 받았다는 사실이다. 아이, 자신, 배경과 상황으로 이어지는 작업을 통해 자신을 더 잘 알고 주변을 살펴볼 수 있길 바라는 마음이다.

동생을 잃은 지 20여 년 뒤 첫 번째 전시를 하며 그림을 세상에 선보였고, 다시 10년이 지났다. 30대 중반을 넘어선 지금은 40대가 기다려진다. 20대와 30대를 살면서 그림을 통해 변화하고 트라우마로부터 조금씩 자유로워지는 스스로를 느꼈으므로. 앞으로의 삶에도 그런 변화가 계속되기를, 그리고 새로운 기회도 다가오기를 막연히 기대하고 있다.

누군가가 그녀에게 작품활동에 대해 물어오면 이렇게 대답한다. "연명하고 있다"고. 주부이자 화가로 살아가는 그녀의 상황을 의미하는 것이기도 하지만, 오래도록 결코 그림을 놓지 않겠다는 의미이기도 하다.

계획 없이 떠난 여행이라도 현지에 도착하면 꼭 미술관 한 곳 정도는 찾아가보곤 한다. 그곳에서만 볼 수 있는 지역 작가들의 작품을 감상하는 것이 내겐 빼놓을 수 없는 여행일정이다. 2년 전 여름 캐나다의 핼리팩스를 여행할 때는 노바스코샤 아트 갤러리를 찾아갔다. 힘든 일을 겪은 직후 떠난 여행이었고, 완전히 낯선 곳에서 그 지역을 그린 작가의 작품이 보고 싶었다. 그런데 지역의 대표 미술관이란 이유로 찾아간 곳에서 뜻밖에도 미술작품 이상의 것을 만났다.

노바스코샤 아트 갤러리에는 노바스코샤의 대표화가로 꼽히는 모드 루이스의 작품을 전시하는 상설 전시실이 있었다. 그곳에는 작가의 작품과 함께 모드 루이스가 실제 살았던 오두막집까지 옮겨져 있었다. 마침 그녀의 삶을 다룬 영화 『Maudie』가 캐나다에서 개봉했고 『내 사랑』이란 제목으로 한국 개봉도 앞두고 있을 즈음. 포크 음악이 흐르는 공간에 전시된 목가적인 작품에는 밝은 기운이 넘쳤다. 현실의 풍경보다 더 화사했고 풍요로웠다.

그녀의 그림은 바다와 배, 갈매기, 마을의 소와 말, 꽃, 그리고 고양이 등 자신이 살았던 시골 풍경에서 가져온 모티브를 아름답게 되살려낸 작업이었다. 제대로 그림을 배운 적이 없는 이가 기억에 의존해 풍경을 그리는 것은 어떤 의미가 있는 일이었을까. 장애를 안은 채 좁은 집에서 고통과 함께한 시간이 길었지만 적어도 창가에 앉아 붓질을 하는 그 순간만큼은 생의 기쁨을 느끼지 않았을까. 소박하고 따스한 정서를 간직한 그림을 마주하자 다른 여행지에서 느낄 수 없던 평온함이 찾아왔다. 부드러운 손길로 내 등을 쓸어주는 기분. 작가의 맑은 영혼이 투영된 듯한 작품 앞에서 얻은 위로는 기대 이상이었다.

작품을 관람하고 향유하는 이들뿐만 아니라, 직접 창작을 하는 이들에게도 그림은 종종 큰 치유의 힘을 발휘한다는 걸 느낀다. 처음부터 치유의 목적으로 작업하지 않더라도 그림을 그린다는 창작 행위는 궁극적으로 사람에게 강력한 테라피로 작용할 수 있다. 장애를 가지고 살았던 모드 루이스는 작품 안에서만큼은 자신이 바라본 세상을 자유롭게 표현했고, 어린 시절 동생을 잃은 K작가는 그림을 통해 그리운 존재와 소통했다. 내면의 아픔이 있는 화가에게 그림은 다른 무엇으로도 대체할 수 없는 훌륭한 표현도구가 되어주었다.

프로그램화된 미술치료는 표현이 서툰 아이들에게 심리치료의 한 방법으로 사용되고 있다. 물론 어른에게도 미술치료를 적용할 수 있다. 어른이라 해서 늘 표현이 능숙할 리 없고, 정확히 어디에서부터 잘못됐는지 알 수 없는 마음의 문제를 안고 살아가는 이들도 많으니까. 떠오르는 심상을 자유롭게 그리는 활동을 통해 내면의 심리상태와 감정을 파악하며 문제해결의 실마리를 찾아가게 한다.

이 작업에는 치유 외에도 또 한가지 큰 의미가 있다. 지금껏 꺼내놓지 못했던 혼자만의 아픔과 경험을 세상과 '공유' 한다는 것. 그림을 그린 사람과 그것을 보는 사람이 작품 앞에서 같은 감정을 느끼지 않더라도 상관없다. 내면의 상처와 대면한 결과물을 용기를 내어 타인 앞에 꺼내놓음으로써 한 단계를 넘어서는 경험을 하게 되고, 그 경험을 통해 조금 더 괜찮아지고 단단해질 수 있을 테니. 이것이 바로 그림이라는 언어가 가진 소통과 교감의 힘일 것이다.

나의 본질을 찾아가는 길

아이를 낳아 기를 때 여자들은 그동안 잘 몰랐던 자신의 새로운 모습과 만나곤 한다. 30대 후반에 결혼을 하고 아이를 낳은 Y씨가 확인한 것은 자신의 강박적인 모습. 완벽한 엄마가 되기 위해 엄청난 노력을 쏟아부으며 육아에 집중했다. 아이를 잘 키워야 한다는 강력한 신념에 사로잡혀 엄마로서 할 수 있는 한 최선을 다했다. 육아에 관해서라면 조금이라도 대충 하는 게 없었다.

그녀는 병원 수술실에서나 사용할 법한 소독제를 구해와 집 안 구석구석 뿌리고 닦으며 청소했다. 여기저기 기어다니며 물건들을 집어 입에 무는 딸이 걱정됐기 때문. 이유식을 할 때는 그 어느 엄마와 비교해도 뒤지지 않는다고 자부할 만큼 잘 만들어 먹였다. 사실 그녀는 결혼하기 전에는 요리를 제대로 해본 적도 없던 사람. 아이를 키우며 마치 다른 사람이 된 것처럼 밤마다 주방에서 이유식을 위한 육수를 끓였다. 매 끼니마다 다른 메뉴를 짜서 만들어주고 오전과 오후에 줄 간식도 모두 직접 만들었다. 이유식 책을 포함해 육아에 관한 다양한 책을 열심히 읽었다.

네 살이 됐을 무렵엔 또래 아이들과의 유대가 필요한 시기이므로 어린이집에 보냈다. 하지만 오후 늦게까지 아이를 맡기는 다른 엄마들과 달리 그녀는 딸을 일찍 데리고 나왔다. 그리고 향한 곳은 주로 문화센터. 엄마와 아이가 함께하는 여러 프로그램에 참여했다.

결혼 전까지 자기중심적으로 살던 사람이 출산 이후 그런 시간을 4년이 넘게 보내니 체력적으로 힘이 들고 스트레스도 점점 심해졌다. 자신이 낳았으나 또 하나의 인격체인 아이는 자신의 뜻대로 되지 않는 존재였다. 딸은 유독 잠투정이 심하고 예민했다. 징징거리며 엄마에게서 떨어지지 않으려는 시간이 지속될 때는 아무리 좋은 엄마가 되기 위해 노력해도 한계에 부딪히는 기분이었다. 아이가 다섯 살이 됐을 때는 스트레스가 극에 달했다.

애초에 자신이 원해서 직접 하리라 마음먹고 육아를 시작했지만, 너무 힘이 들자 잠시 다른 사람의 손을 빌려볼까 하는 생각도 들었다. 하지만 상황이 여의치 않았다. 친정과 시댁은 멀었고 남편은 퇴근이 늦었다. 가사도우미나 육아도우미를 부르는 것도 성에 차지 않을 것 같았다.

혼자 모든 것을 하다 보니 급기야 찾아온 것은 이 모든 상황에 대한 주체할 수 없는 분노였다. 접시를 던져서 깨고, 화장대 서랍을 발로 차서 부수는가 하면, 화장실에 들어가 고함을 질렀다. 그녀의 집은 아파트 18층. 회사에 있는 남편에게 전화를 걸어 '지금 뛰어내리겠다'고 소리를 지르기도 했다.

인생에서 이토록 힘든 시기가 또 있었던가. 결혼 전 직장생활을 하던 시절에도 여러 업계에서 온갖 힘든 일을 겪었다. 특히 한 스타트업 회사에서 이사 직함을 달고 근무했을 때는 회사가 완전히 망해서 그녀가 금전적 책임까지 진 적이 있었다. 결국 경제적으로 어려운 상황이 됐고 인간관계도 다 끊겼다. 삶의 의미가 사라진 것만 같았던 시기. 육아를 하기 전에는 그때가 인생에서 가장 절망적인 시기였다고 생각해 왔다. 그러나 아이를 키우는 일은 그보다 더 힘들었다.

몸은 화병이 난 것처럼 아파왔다. 육아로 인해 삶이 최악의 상태로 피폐해지니, 어떤 방식으로든 도움을 받지 않으면 안 되겠다는 생각이 들었다. 도움을 받지 못하면 병원에라도 가봐야겠다 하던 참에 수녀원에서 운영하는 유치원에 딸을 보내기 시작했다. 작은 성당이 있고 상담센터도 갖춘 유치원이었다. 그녀는 절박한 마음으로 유치원의 상담센터에 갔고,

그곳에서 진행하는 '모래놀이 상담'을 신청했다. 모래가 든 상자에 각종 피규어를 배치한 것을 바탕으로 수녀님과 심리 상담을 하는 것이었다.

처음에는 모래를 제대로 만지지도 못했지만 횟수를 거듭할수록 조금씩 익숙해져 갔다. 하루는 원장수녀님과 상담하다가 울음이 북받쳐올라 한참을 울었다. 그 무렵 그녀는 성당에 가서도 자주 눈물을 흘리곤 했다. 나쁜 엄마라는 죄책감이 들었고 자꾸만 스스로를 비난했다. 힘들어하는 자신 때문에 아이가 상처받지 않을까 하는 염려도 있었다.

몇 차례 모래놀이 상담을 한 뒤, 유치원에서 진행하는 부모교육 프로그램으로 에니어그램을 접했다. 나를 이해하는 길을 안내하는 여러 도구들 중에서 에니어그램은 고대의 지혜에 뿌리를 두고 현대심리학이 접목되어 발전했다. 내면의 본질로 다가가는 데 어떤 것이 장애물로 작용하는지 통찰할 수 있도록 해준다는 점에서 단순한 성격 유형 테스트와 다르다. '나는 대체 왜 이런가'라는 자책이 심하던 시기에 에니어그램을 처음 접하며, 그녀는 문제를 풀 수 있는 키를 찾은 것만 같았다. 유치원에 강의를 나온 교수님으로부터 에니어그램 강좌가 개설된 대학원을 추천받아 더 전문적인 공부를 시작했다.

에니어그램은 사람을 아홉 가지 성격 유형으로 분류한다. 자기 탐색을 거쳐 아홉 가지의 유형 중 자신이 몇 번 유형에 속하는지 찾고, 그 유형을 이해하는 과정이 에니어그램 공부의 출발이다. 질문지를 통해 유형 테스트를 하기도 하지만 그녀는 먼저 관련 도서를 읽으며 자신의 유형을 확인했다. 책에 나오는 각 유형별 사례를 보니 특정 상황에서 자신과 똑같이 행동하고 똑같이 말하는 사람들의 모습이 있었다. 깜짝 놀랐다. '개혁가' 또는 '완벽주의자'라는 별칭이 있는 에니어그램 1번 유형. 다른 어떤 유형보다도 완벽주의적 성향이 강하며 이상을 추구하고 올바른 것에 집착한다. 그녀는 의심할 여지 없이 1번 유형이었다. 에니어그램의 모든 유형은 건강한 모습일 때가 있고 그렇지 않을 때가 있으므로, 시기에 따라 여러 가지 측면이 다르게 나타난다. 그래서 자신의 유형을 찾는 데 꽤 오랜 시간이 걸리는 이도 있다. 반면 그녀는 함께 공부한 다른 사람들에 비해 매우 빨리 찾은 경우였다.

그녀는 자신이 완벽하다고 생각한 적이 한 번도 없었다. 남들이 보기에 그녀는 늘 뭔가에 매진하고, 개선하려 하며, 더 잘할 수 있는 방법을 찾는 완벽주의자이지만 그녀의 높은 기준에는 스스로가 한참 모자랐다. 그 또한 이상에 부합하지 못하면 자신에게마저 비판적인 태도가 되는, 1번 유형의 특징 중 하나였다. 규칙을 반드시 지키며, 질서를 위반하는 사람에게 지적을 가하는 것도 마찬가지. 남들은 '그럴 수도 있지'라는 태도로 넘어가는 것들에 대해서도 그녀는 참지 않고 꼭 표현하곤 했다. 다른 사람들에겐 쉬워 보이는 태도가 그녀에겐 참 어려웠다. 회사가 망했을 때 자신이 책임질 필요가 없었음에도 굳이 그런 선택을 한 것도 1번 유형의 사명감에서였다.

그녀는 누군가에게 일을 시키더라도 성에 차지 않아 직접 해야만 하는 경우가 많았다. 설거지가 쌓여 있는 걸 견딜 수 없었고, 모든 물건이 제자리에 놓여 있어야 마음이 편해졌다. 육아에 지쳐도 가사도우미를 고용하지 못하는 게 그런 이유였다. 집안일을 할 때도 전형적인 1번 유형의 특징이 발현된 것이다.

어린 시절부터 누구보다 잘해야 한다는 마음이 항상 있었다. 강박 같은 것이었다. 아홉 살 때 피아노 선생님이 '이왕 할 거 더 잘하자'라고 악보에 써준 말이 그 이후 평생의 좌우명이 됐다. 에니어그램 공부를 시작하고 보니 자신이 1번 유형이라서 어린 나이에 그런 문장을 좌우명으로 삼았다는 것을 알게 됐다.

자신의 유형을 알고 나자 지난 5년간의 육아 과정을 돌아보게 됐다. 아이가 사람들이 많은 공간에서 뛰어다니며 소란을 피울 때 내버려두는 엄마도 있는 반면, 그녀는 조용히 하라고 매우 강하게 훈계하는 엄마였다. 타인에게 피해를 주지 않고 살아온 자신의 성격대로, 아이 또한 조금도 남에게 폐를 끼치면 안 된다는 생각을 가지고 있기 때문이었다. 아이를 사랑하지만 원칙은 엄격했다. 그러나 40여 년간 쌓아온 자신의 성향을 아이에게 적용해 통제할 수는 없는 일. 아이의 행동으로 의도치 않는 상황이 발생할 때면 많이 흔들렸다. 1번 유형은 마음속에 기준을 세우곤 한다. 그녀에겐 '좋은 엄마'라는 기준이 있고 그 기준을 충족시키기 위한 수많은 요소들이 있었다. 그 요소들을 다 해내지 못하는 데서 오는 스트레스가 어마어마했다. 인지부조화에서 오는 괴로움이었다.

그런가 하면 자신에게 다른 유형의 모습도 있다는 것을 알게 됐다. 유형마다 부속 유형이 있고, 변형된 유형도 있다. 또 각 유형들은 긍정적일 때와 부정적일 때 다른 유형의 특징이 드러난다. 사람에겐 우세한 유형 한 가지가 있지만 내면에는 아홉 가지 유형을 다 가지고 있다고도 볼 수 있는 것이다. 1번 유형은 더 나은 방향으로 세상을 바꿔나가려 하고 양심과 이성에 따라 살기 위해 노력하지만 이들이 건강하지 않은 상태로 접어들면 독선적인 모습을 보인다. 자신의 기준에서 부도덕하다고 생각하는 이들을 비난하기도 한다. 이때는 '개인주의자' 또는 '예술가'란 별칭이 있는 4번 유형이 가진 부정적인 모습도 드러난다. 그리고 1번 유형이 건강할 때는 명랑하고 자신감이 넘치는 '낙천가'인 7번 유형의 장점이 나타난다.

남편의 유형도 찾았다. 그는 9번 유형이었다. '평화주의자'로 소개되는 9번 유형의 사람들은 갈등 상황에서 스스로를 드러내지 않으며 많은 일들에 순응적인 태도를 취한다.

되도록이면 내면과 외부의 평화를 유지하며 살아가려는 이들이다. 항상 웃는 얼굴의 사람. 그녀의 남편은 어디 가서든 인상이 좋다는 이야기를 들었다. 하지만 1번 유형이 보기에 9번 유형은 지나치게 안이하고 태평하며 때로 게을러 보이기도 한다. 그녀 또한 그랬다. 자신과 달리 평화로운 분위기를 가진 남편의 매력에 끌려 결혼했지만 바로 그 부분 때문에 답답할 때도 있었다. 남편에게 자신의 기준을 들이밀며 자주 지적도 했다.

점차 자신을 알아가는 기분이 들었다. 에니어그램을 통해 '나는 대체 왜 이런가'라는 질문에 대한 답을 찾은 느낌이었다. 자신의 성격과 본질을 이해할 수 있었다. 자신이 특별히 문제가 있는 사람이 아니고, 잘못한 것도 없다는 것을 인정하자 위안이 찾아왔다.

마음이 편안해지니 주변을 둘러볼 여유도 생겼다. 에니어그램을 만나기 전에는 사람들 모두가 옳을 수 있다는 걸 몰랐다. 열 명이 모이면 한 가지 옳은 방법이 나오는 것이라 여겼고 보통은 그녀 자신이 생각하는 게 옳다고 느꼈다. 이제는 이 세상에 다양한 유형의 사람이 모여 있으니 각각의 유형이 가진 각각의 옳은 방법이 있다고 생각한다.

남편이 9번 유형이란 것을 알게 된 후 그의 성향을 더 깊이 이해하니 잔소리를 하는 일이 현저히 줄었다. 그녀의 기준으로는 정리정돈이 되지 않은 상태도 남편에겐 전혀 불편함이 없고 괜찮은 상태일 수 있겠다고 생각하니 태도가 부드러워졌다. 아이에게도 너그러워졌다. 어릴 때부터 모든 물건은 제자리가 있다고 생각해온 그녀는 수없이 반복해 말해도 장난감을 아무 곳에나 두는 딸에게 엄격할 수밖에 없었다. 하지만 지금은 마음껏 어지르면서 놀고 싶어 하는 아이를 이해하고, 그로 인해 자신이 너무 힘들어하지 않을 수 있게 됐다. 딸이 뭔가 잘못하고 예상을 벗어나는 행동을 해도 예전보다 여유롭게 "그래도 괜찮다"고 말한다. 남편과 딸을 대하는 자신의 태도가 달라지면서 육아가 예전보다 훨씬 수월해졌다.

다만 아직 자신에 대해서는 완전히 너그러워지지 못했다. 오래 고착된 패턴을 바꾸기는 어려우니 여전히 비판하고 분노할 때가 있다. 그래도 이제는 한순간 멈춰서 분노가 치밀어오르는 상태를 알아차리는 단계를 거치곤 한다. 그러면 화가 누그러진다. 요즘 그녀의 가장 큰 기도는 마음의 평화를 찾고 유지하는 것. 이론적으로도 1번 유형의 본질이자 미덕은 평온이라고 한다. 평온하기 위해서 모든 것을 완벽하게 하려고 노력하는데, 그것이 잘되지 않을 때 분노를 느낀다. 그러므로 1번 유형인 그녀가 마음의 평화를 찾는 것은 본질을 찾아가는 것이고 그것은 곧 점차 나아지고 있다는 의미이기도 하다.

그녀는 현재 대학원에서 3년째 에니어그램을 공부하고 있다. 앞으로도 이 공부를 계속할 생각이다. 그녀가 경험한 에니어그램은 재미 삼아 보는 단순한 성격 유형 테스트가 아니라, 참다운 자신을 찾고 본질로 돌아갈 수 있는 도구이다. 이 도구를 통해 아이를 키우면서 겪는 스트레스와 한계 상황이 자신만의 경험이 아니란 것도, 또 자신이 잘못해서 일어난 일이 아니란 것도 알았다. 이제는 어떤 상황이든 내면의 심판자가 활약하도록 하기보다는, 편안하게 있는 그대로를 받아들이려 한다. 완벽해지기 위해 경직된 모습을 유지하는 대신 유연한 상태로 접어든다면 1번 유형의 본질에 가까워질 수 있으리라 믿는다. 그런 상태라면 보다 평온한 일상을 누릴 수 있을 것이다.

몇 년 전, 런던의 화이트 큐브 갤러리에서 영국 아티스트 트레이시 에민의 개인전을 관람했다. 다양한 매체를 활용한 그녀의 작품 중에서도 나는 텍스트를 네온으로 작업한 작품들을 좋아하는 편이다. 마침 갤러리 입구에는 전시 제목이기도 했던 'The Last Great Adventure is You(마지막 위대한 모험은 당신이다)'라는 텍스트가 노란색 네온 작품으로 걸려 있었다. 보는 순간 묘한 기분에 휩싸였다. 마지막 모험은 당신이라니, 도발적인 이미지를 가진 작가가 내놓은 로맨틱한 메시지가 꽤 인상적이었다.

전시를 본 뒤 거의 4년이 지났을 무렵, 우연히 그 당시 트레이시 에민의 전시에 관한 자세한 해설을 읽게 됐다. 기억에 남아 있던 그 네온 작품을 소개한 부분을 읽어 내려가다가 절로 탄성이 나왔다. 'The Last Great Adventure is You'는 그녀가 자신에게 하는 말로 볼 수 있기 때문에 'You'는 곧 'Me'로 해석해야 한다는 것. 그러니까 마지막 모험은 당신이 아니라 자기 자신이란 뜻이다. 결정적 단어 하나를 바꿔놓자, 고백적 메시지가 완전히 다른 의미가 됐다. 작품을 처음 봤을 때보다 더 흥미로웠고, 더 크게 공감했다.

모험이란 단어가 거창하게 느껴지기도 하지만 나를 알아가는 과정을 표현하기엔 꽤 정확한 단어가 아닌가. 내가 나를 잘 모르겠고 믿지 못해 힘들 때 '나는 누구인가' 혹은 '나는 왜 이 모양인가' 하는 질문이 나온다. 쉽게 찾을 수 있는 답이 아니므로 끊임없이 좌충우돌하며 답답함을 느끼고, 그럴수록 자신을 불신하는 마음은 깊어진다. 그런데 놀라운 점이 있다. 주변을 둘러보면 그 누구도 나만큼 나를 못 믿는 이가 없다는 사실이다. 오히려 내가 생각하는 것보다 몇 배나 큰 신뢰감을 내게 보여주는 이들이 많다. 그럼에도 내가 나를 믿지 못하고 지독하게 괴롭혀서, 결국 나는 나 때문에 힘들다.

나에 대해 잘 알게 된다면, 이런 나를 받아들이는 일이 조금 더 쉽지 않을까. 돈 리처드 리소와 러스 허드슨이 쓴 『에니어그램의 지혜』에는 '에니어그램이 제공해줄 수 있는 가장 중요한 통찰은 우리가 우리의 성격은 아니라는 깨달음이다'라는 문장이 나온다. 우리는 성격을 '가지고' 있을 뿐이라고. 성격과 동일시하거나 성격을 방어하는 것을 멈출 때 우리의 본질이 자연스럽게 드러난다는 것이다.

이상적인 상태는 성격을 삶의 도구로 사용할 수 있는 상태다. 그렇다면 역시 나를 아는 것, 곧 본질을 아는 것이 중요하다는 결론이 내려진다. 다시 트레이시 에민의 '마지막 위대한 모험은 당신(나)'에 대해 생각해본다. 알아차림과 변화를 거치고 본질에 다가가는 것은 제법 오랜 시간과 많은 시행착오가 동반되는 일이다. 그래서 모험일 수밖에 없다.

그 과정에서 수십 년을 살아오는 동안 몰랐던 나의 일면들이 새롭게 드러나며, 내가 가진 어떤 면들에 대해서 깊이 감사하는 마음을, 또 어떤 면들에 대해서는 몸서리치게 싫다는 감정을 느끼기도 한다. 동시에 내가 어떤 사람인가에 대한 의문이 풀릴 때마다 조금씩 용기가 생기고 나에 대한 믿음도 생겨날 것이다. 그리고 가장 중요한 것은 이런 나를 거부하지 않고 인정하는 것일 터. 이 세상에서 믿고 함께 나아가야 하는 존재는 나 자신이라는 사실을 받아들이는 일, 겸허한 수용이다.

인생이라는 무대에서

대학에서 연극을 전공한 J씨는 몇 년간 사회생활을 하다 아동심리와 예술치료를 공부하기 위해 대학원에 진학했다. 연기학원에서 학생들을 가르치며 입시를 앞둔 아이들의 불안정한 심리 상태를 자주 접한 것이 영향을 미쳤다. 사이코드라마를 만난 건 대학원에서 진행한 한 워크숍에서였다. 정신과 의사 J. L. 모레노가 창안한 사이코드라마는 연극을 활용한 심리치료 기법. 특정한 대본이 없고, 주인공이 심리적 문제를 겪었던 과거 상황을 연기하며 내면의 억압된 것들을 해소한다. 한국에서 처음 시도된 것은 30년이 넘었지만 아직 많은 이들에게 낯선 치료법이다. 그녀는 심리극인 사이코드라마가 마음 치유의 한 방법으로서 어떻게 활용되는지 궁금했고, 더 많은 경험을 하고 싶어 사이코드라마로 세미나와 공연을 하는 학회를 찾아갔다.

처음엔 사이코드라마의 진행 과정을 보기 위해 공연을 참관했다. 현장은 임상 경험이 있는 디렉터의 주도하에 진행됐다. 사이코드라마는 인간의 상처를 다루는 데다 즉흥극이므로 현장에서 돌발 상황이 발생할 가능성이 높다. 그러므로 매우 신중하고 조심스럽게 해야 하는 작업. 그만큼 많은 안

전장치가 있다. 먼저 잘 모르는 사람들 앞에서 개인적인 이야기를 하는 것이 두렵게 느껴지지 않도록 웜업(Warm Up)을 한다. 다 같이 무대에 나가 긴장을 풀고, 디렉터가 준비한 활동을 함께하는 것이다. 예를 들면 디렉터가 제시한 감정이나 덕목에 관한 키워드를 보고 그중에서 자신이 가치 있게 생각하는 것에 대해 이야기를 나누는 식. 그날의 주제에 대해 각자의 일화를 이야기하기도 한다.

웜업을 하는 시간 동안 사람들은 자신의 고민이나 개인적인 사건에 대해 말하면서 경계심을 허물고, 자연스럽게 그날의 주인공도 정해진다. 보통은 자발적으로 나서는 사람이 주인공으로 결정되지만 그녀는 두 번째로 참석한 날 우연찮게 주인공을 맡게 됐다. 그날은 그곳에 모인 사람들이 각자 힘들었던 경험을 말한 뒤 그중에서 좀 더 이야기를 들어보고 싶은 사람을 지목하는 방식으로 주인공을 정했는데, 다수가 그녀를 선택한 것. 그녀의 이야기는 3년 전 죽은 고양이 두 마리에 관한 것이었다.

그녀는 오피스텔에 혼자 살며 고양이들을 키웠다. 힘들 때 큰 위로가 되어주는 너무나 사랑스러운 존재들. 그런데 어느 날 그녀가 외출한 사이 전기선의 문제로 오피스텔에 불이 났다. 내부는 많이 타지 않았지만 고양이들은 질식사로 죽고 말았다. 끔찍한 상황에서 감당하기 힘든 슬픔이 밀려왔고 어떻게 해야 할지 경황이 없었다. 그때는 반려동물을 위한 장례식장이 있다는 것도, 그렇게 의례를 갖춰 보내주는 방법이 있다는 것도 알지 못했기에 부모님의 도움을 받아 고양이들을 묻어줬다. 제대로 애도하지도 못한 채 황망한 상태로 보낸 탓인지 그녀는 오랫동안 마음속에 남은 감정의 응어리로 힘들어했다. 길을 걷다가도 고양이가 보이면 울컥했고, 새롭게 키우기 시작한 고양이에게는 과도하게 집착했다. 그 아픈 이야기를 사이코드라마로 극화할 수 있을까? 게다가 잘 모르는 사람들 앞에서 말이다.

뜻하지 않게 주인공으로 지목되자 무대로 나갈 용기가 나지 않았다. 주저하는 그녀에게 디렉터는 걱정하지 말고 자신만 믿고 따라오면 된다고 말했다. 앞으로 나가 디렉터의 설명을 듣고 그곳에 있는 사람들 중 배역을 맡을 사람들 세 명을 직접 뽑았다. 자신의 역할을 대신해줄 '이중자아'와 두 마리 고양이를 연기할 사람들. 왠지 그녀의 이야기를 잘 표현해줄 것만 같은 이들이었다. 디렉터는 상황에 대한 그녀의 설명을 들으며 극을 이끌고 장면을 전환했다. 실제 극장에 있는 것도 아니고 분장을 하거나 의상을 갖춘 것도 아니었지만 불이 꺼지고 무대 조명 아래에서 극이 진행되자 신기하게도 정말 그 상황으로 돌아간 듯 몰입이 됐다.

고양이 배역을 맡은 두 사람이 무대 위에 쓰러져 있는 모습을 보자마자 그녀는 울기 시작했다. 디렉터는 그녀가 못다한 말들을 하도록 해줬다. "내가 그때 미안했어. 외출할 때 더 신경 썼어야 하는데. 더 많이 놀아줄걸. 사랑해." 이중자아 역을 맡은 사람은 그런 그녀를 바라보다가 그녀가 감정적으로 힘든 상황이 되면 디렉터의 지시에 따라 바로 역할을 바꿔 그녀의 속마음을 대변해줬다. 그리고 그녀는 이중자아에게 말했다. "네 잘못이 아니야"라고. 자신과의 대화였다. 극 후반부에 디렉터는 그녀와 고양이가 서로 위치를 바꾸도록 했다. 사이코드라마에서 위치를 바꾸는 건 곧 역할을 바꾸는 것이다. 그녀는 고양이의 입장이 되어 이렇게 말했다. "엄마, 나 괜찮아. 충분히 사랑해줬잖아."

고양이들을 씻겨서 보내주는 연기를 한 뒤 조명이 꺼졌고,

잠시 후 수십 년이 흘러 그녀가 죽은 뒤 고양이들과 재회하는 상황을 만들었다. 고양이들이 그녀에게 다가오며 반가워했다. 그녀뿐 아니라 연기한 사람들, 관객으로 지켜본 이들 모두가 눈물을 흘렸다. 그렇게 극이 끝났다.

셰어링(Sharing) 과정이 이어졌다. 일반 조명이 켜진 상황에서 사람들과 그 상황에 대한 이야기를 나누는 것. 많은 이들이 비슷한 경험에 대해 이야기하며 공감해주니 큰 위안이 됐다. 조언이 아니라 응원과 지지였다. 혼자만의 통찰로 끝나지 않고 집단으로부터 힘을 얻는 경험이었다.

그녀는 처음 경험해본 사이코드라마로 엄청난 카타르시스를 느꼈다. 고양이가 죽었을 때 제대로 애도 과정을 거치지 못해 계속 남아 있던 괴로움이 비로소 해소되는 듯했다. 그리고 막혀 있던 사고가 확장되며 내면을 살펴볼 수 있는 융통성이 생긴 기분도 들었다. 사실 그녀의 내면에는 슬픔을 극복할 수 있는 힘이 있었다. 스스로도 몰랐던 내적 자원이다. 사이코드라마가 감정정화를 통해 객관적으로 상황을 바라볼 수 있게 함으로써, 자신이 가지고 있는 내적 자원을 깨닫게 해준 것이다.

그날부터 그녀는 사이코드라마에 푹 빠져 수차례 세미나에 참석했다. 그러던 중 디렉터를 양성하는 과정이 있다는 소식을 접했다. 사이코드라마를 이끌어가는 디렉터가 되려면 임상의학이 바탕이 되어야 하는데, 그녀는 이미 아동심리로 석사를 밟고 있으니 전공과 관련성이 있었다. 1년간 진행되는 디렉터 과정을 시작하기로 결정했다. 디렉터 과정에서는 이론 수업과 실습 그리고 분석이 함께 진행됐다.

그녀는 사이코드라마를 배우며 마음속에 남아 있던 오래된 문제들을 하나씩 꺼내보게 됐다. 자존감이 낮아서 종종 자기비하를 하고, 타인의 시선을 지나치게 의식해 스스로를 괴롭힌 적이 많았다. 그러다 10년도 더 전에 벌어진 일이지만 아직까지 그녀에게 아픈 기억으로 남아 있는 사건이 떠올랐다. 바로 대학 시절 사귀던 남자친구의 배신이었다.

당시 그녀는 학교 근처에서 자취를 했고, 네 살이 많은 연극과 선배와 사귀고 있었다. 그는 학생회장이었고 연극과에서도 중심적인 역할을 하던 사람. 부모님과 처음 떨어져 사는 그녀에게 남자친구이면서 동시에 아빠 같은 역할을 해줬다. 어린 시절 허약체질이라 응석받이처럼 부모님에게 의존하며 자란 그녀는 남자친구에게 많이 기댔다.

1년 정도 연애했을 무렵, 그녀는 남자친구가 같은 연극과의 여자 선배와 부적절한 관계에 있다는 것을 알게 됐다. 직감이었지만 확신이 들어 새벽에 남자친구의 자취방에 찾아갔다. 마침 남자친구와 여자 선배가 문을 잠그고 있는 상황. 그녀는 문을 두드리며 난리를 피웠다. 그러자 남자친구가 밖으로 나와 "작품 이야기를 하던 중인데 왜 이러냐"며 그녀를 남자친구를 의심하는 사람으로 몰아세웠다. 그는 자신의 부모님을 걸겠다며 말했다. 맹세코 아무런 사이가 아니라고.

남녀 관계에서 가장 중요한 것은 신뢰라는 말을 평소 자주 해온 그가 부모님까지 언급하자, 그녀는 흔들렸다. 자신이 오해한 것이라면 여자 선배에게 사과해야 할 일. 그런데 그녀가 다가가 오해해서 미안하다는 말을 하자 여자 선배는 되려 화가 난 듯했다. 사실 둘은 서로 호감을 키워온 지 한 달 정도 되는 사이였는데 남자의 해명에 자존심이 상한 것. 그녀는 그 자리에서 여자 선배를 통해 진실을 듣게 됐다. 그동안 남자친구는 여자 선배에게 기존 관계를 정리하고 있는 중이라고 말해왔다는 것이다. 다시 그녀는 남자친구에게 화를 내며 소리를 질렀지만 그는 아무 말도 하지 않았다.

그가 사과를 하기 위해 찾아온 것은 그로부터 며칠 후. 그러나 좋아하는 마음이 컸던 만큼 더욱 용서를 할 수 없었다. 그대로 관계를 끝냈다. 그 일은 그녀의 마음에 상처를 남겼을 뿐 아니라 생활까지 변화시켰다. 수면유도제를 먹지 않으면 잠을 자지 못하는 날이 오래도록 이어졌다. 권장량보다 많이 먹어서 병원에 간 적도 있고, 약에 취한 채 운전을 해서 두 번이나 사고가 났다. 섭식장애도 생겼다. 그날 이후 3개월 만에 체중이 10킬로그램가량 빠졌다. 잘 먹지 못하니 건강도 나빠졌다.

그런데 마른 체형이 되고 나니 주변의 시선이 바뀐 것 같은 느낌이 들었다. 더 많은 사람들이 그녀에게 친절하게 대했고 호감을 표했다. '마르고 예뻐져야 사람들이 나를 가치 있게 평가하는구나. 내가 진작에 살이 빠졌다면 그 남자가 그러지 않았을까?' 그녀는 비합리적인 생각에 사로잡혀 먹기를 거부했다. 그러나 먹지 않고 살 수는 없는 법. 거의 먹지 못하며 지내다가 한 번씩 폭식을 하곤 했다. 살이 찌면 무가치한 인간이 된 것만 같은 기분에 집 밖으로 잘 나가지 않았다. 거식과 폭식이 반복되며 체중은 심하게 오르내렸고, 섭식장애로 인해 우울증까지 찾아왔다. 견디다 못해 정신과에서 2년간 개인상담을 받았다.

그로부터 10여 년이 지난 지금, 불면증과 섭식장애는 많이 극복했지만 아직까지도 몸에 남아 있었다. 마치 전 남자친구의 외도가 인생에서 얼마나 큰 사건이었는지 증명해주는 흔적처럼. 애인이 바람을 피웠다는 사실이 받아들여지지 않았던 그녀는 자신에게 문제가 있어서 벌어진 일이라 생각하면 그나마 상황을 인정할 수 있었다. 그래서 그의 잘못을 자신의 탓으로 돌리며 괴로움에서 벗어나려 했다.

긴 시간 정리되지 않은 감정을 상자 속에 뒤죽박죽 집어넣고 뚜껑을 닫은 채 보이지 않는 곳에 밀어둔 채 지내온 것 같았다. 언젠가는 해결해야 하는 문제라고 생각해오던 차에 그 문제를 사이코드라마로 다루게 됐다. 10년 만에 그 상자를 다시 열어보는 듯한 기분이었다.

무대에서 그 당시로 돌아가 상황을 재연하며 남자친구와 여자 선배가 함께 용서를 구하는 장면을 만들었다. 그런데 이번에도 용서가 되지 않았다. "평생 미안해하면서 살아. 나는 용서해주지 않을 거야"라는 말이 튀어나왔다. 디렉터는 "그래요. 용서하지 않아도 되죠"라고 말했고 마지막으로 어떤 장면을 하면 좋겠냐고 물었다. 당시 힘들었던 기억을 떠올려보니, 살이 빠진 채 나타났을 때 사람들에게 예뻐졌다는 말 대신 걱정과 위로의 말을 들었다면 어땠을까 하는 생각이 들었다. 그래서 학교 선배들과 친구들이 야윈 그녀를 걱정해주고 마음을 보듬어주는 따스한 말을 해주며 함께 밥을 먹으러 가는 장면을 연기했다.

그렇게 마무리하고 나니 당시에는 생각하지 못했던 부분이 보였다. 사람들은 응원과 위로를 해주고 싶었는데, 그 표현이 서툴렀기에 외모에 관한 칭찬으로 대신하며 친절하게 대해줬던 게 아닐까. 단지 외모가 변해서 사람들이 잘해준다고 여겼던 건 자신의 착각이었음을 깨달았다. 그들도 사실은 그녀를 많이 걱정하고 있었던 것이다.

그녀는 사이코드라마로 억울하고 원망스러운 감정을 많이 해소했다. 당시의 사건 안에 갇혀서 편협했던 시각이 확장된 느낌. 그로 인해 자신의 행동에 대한 통찰이 생기고, 왜곡된 인식이 수정됐다. 상자를 열어서 버릴 것을 버리고 정리하는 작업을 했으니 이제는 다시 그 안을 들여다볼 수 있는 힘이 생긴 듯했다. 마음이 매우 홀가분해졌다.

하지만 끝내 용서하지 않았다는 사실이 마음 한편에 남아 있다. 머리로는 그런 일이 있을 수도 있다고, 자신만 겪은 일이 아니며 세상에는 그런 일이 수없이 벌어지고 있다고 생각한다. 하지만 아직 진심으로 용서가 되지 않으니, 앞으로 몇 번의 사이코드라마 작업을 더 해야 할지도 모른다. 물론 용서하지 않을 수도 있지만, 누군가를 계속 미워하고 있는 감정이 자신에게 이로운 것은 아니니까.

사람들 앞에서 자신의 약한 부분을 드러내는 용기는 어디서 나왔을까. 그녀는 아프고 약한 부분을 공개하고 싶지 않으면서도 한편으로는 누군가에게 말하고 싶은 욕구도 있었다. 사이코드라마는 두렵지만 꺼내고 싶은 이야기를 안전하게 할 수 있도록 도와줬다. 경계심이 사라진 후 자연스럽게 이야기를 꺼냈을 때 디렉터의 도움으로 극이 펼쳐졌고 사람들이 공감해줬다. 그때 느끼는 희열은 대단했다.

사이코드라마에서 중시하는 두 가지가 있다. 바로 자발성과 창조성이다. 사이코드라마는 수동적이고 폐쇄적인 이들이라도 자발적으로 극에 참여해 자신을 드러내고 마음의 문제를 해결하도록 한다. 자발성과 창조성은 아이들이 가진 순수함과도 흡사한 것. 사회적 시선과 여러 가지 제약으로부터 해방된 상태로 내면의 감정을 발산하면 억눌려 있던 진정한 자신의 모습을 만날 수 있다.

그녀는 사이코드라마의 관객으로 참여하면서 얻은 것도 많았다. 관객들은 주인공이 무대에서 힘든 상황을 고군분투하며 극복해가는 과정을 한 공간에서 함께 겪는다. 주인공의 행동을 자신에게 비추어보기도 하고 미묘한 동질감을 느끼기도 한다. 마치 인간극장을 보는 것처럼 그녀가 경험해보지 못한 다양한 사건들을 접하면서, 사연은 달라도 인간의 욕구는 거의 비슷하다는 생각이 들곤 했다. 사랑받고 싶고 인정받고 싶은 마음이다.

언젠가부터 그녀는 사이코드라마에 참석하는 것을 곧 힐링을 하는 시간으로 느꼈다. 불면과 우울, 섭식장애에 시달렸던 시기와 비교해보면 지금은 많이 건강해졌다. 무엇보다 의미 있는 것은 집단의 힘을 깨달았다는 점이다. 사람에게 지치고 인간관계로 인해 소모되는 기분이 들수록 혼자 지내는 걸 선호하던 때가 있었다. 그러나 사이코드라마를 하며 집단 속에서 얻는 위안은 다른 무엇과 비교할 수 없을 만큼 컸다. 극을 마친 후 셰어링을 통해 이야기를 나누며 사람들에게 있는 그대로의 자신이 받아들여지는 느낌을 받을 때 행복감이 찾아왔다. 사람으로 인해 상처받아도, 건강한 삶을 살아갈 수 있는 에너지는 역시 사람들로부터 오는 게 아닐까.

사이코드라마에는 텔레(Tele)라는 개념이 있다. 누군가의 기운을 감지하고 집단에서 서로 연결돼 있다는 느낌을 받으며 교감하는 것이다. 언어화하지 않아도 느껴지는 서로에 대한 끌림이다. 그녀가 처음 사이코드라마의 주인공을 맡은 건 집단의 선택이었다. 아직 말할 준비가 안 된 것 같다고 했던 그녀를 사람들이 선택한 건 텔레가 작용한 결과였다. 고양이를 잃은 아픔을 조금은 웃는 얼굴로 담담히 말했음에도 사람들은 감지한 것이다. 무언가 위태로워 보이는 느낌을. 주인공이 배역을 정할 때, 자신의 이야기를 잘 표현해줄 것 같은 사람을 선택하기 위해 사용하는 감각 또한 텔레다. 사이코드라마가 집단치료이기 때문에 가능한 것이다.

현재 사이코드라마의 디렉터 과정을 밟고 있는 그녀는 대학원에서 청소년들의 우울과 스트레스를 사이코드라마로 대처하는 방법에 대한 논문을 준비 중이다. 이제는 혼자서 자유로운 게 아니라, 관계 속에서 보다 자유로운 사람이 되고 싶다는 생각을 한다. 동시에 사이코드라마의 무대에서 자신과 시간을 공유하는 이들 또한 스스로에 대해 알아가며 함께 자유로워지면 좋겠다는 바람이 있다. 자신이 그런 기운을 불어넣어줄 수 있는 사람이 된다면 더 기쁠 것이다.

알코올과 마약에 중독되어 일상이 무너진 사람들이나 오랜 트라우마를 가진 이들이 둥글게 모여 앉아 한 사람씩 이야기를 풀어놓는 모습. 영화에서 종종 보는 장면이다. 카메라는 한 사람의 얼굴을 클로즈업하고 한참 동안 그의 이야기가 펼쳐진다. 플래시백을 통해 효과적으로 이야기를 전달하고, 마침내 그가 말을 마쳤을 때 사람들은 공감해주며 박수를 친다. 힘든 시간을 통과해온 사람들, 혹은 여전히 그 시간을 지나고 있는 사람들이 자신의 이야기를 다른 사람들 앞에서 털어놓는 건 집단치료의 현장에서 일어나는 일들이다.

꼭 치유의 목적이 아니라도, 많은 사람들이 모인 자리에서 자기 자신에 관한 내밀한 이야기를 스스럼없이 꺼내는 이들을 보면 나는 경이롭다는 감정을 품는다. 특히 그 이야기가 자신의 약하고 아픈 부분에 관한 것이라면 더욱 그렇다. 저

용기는 어디에서 나오는 걸까. 나에게 그런 기회가 찾아온다면 과연 한마디라도 제대로 할 수 있을까. 상상만으로도 불편하다. 힘든 일이 없어서가 아니라 내게 이렇게 못난 부분이 있다는 걸 내보일 용기가 없어서, 그리고 그 이야기를 하며 눈물을 보일 스스로가 부끄러워서 입이 떨어지지 않을 것만 같다.

그런데 얼마 전 마음공부를 오래 한 분으로부터 이런 이야기를 들었다. 그런 자리를 불편하게 생각하는 사람일수록 집단 속에서 더 드라마틱한 효과를 경험할 것이라고. 한동안 왜 그럴까 생각했다. 그리고 이런 결론에 다다랐다. 혼자 문제를 끌어안고 있던 사람이 자발적으로 '안'에서 '바깥'으로 나가기를 선택한 것이라면, 넘지 못하던 높은 벽을 한번 넘어선 경험과 그로 인해 느끼는 타인과의 연결성을 통해 더 강력한 치유 효과를 누릴 수 있다는 것.

한 사람의 경험은 고유한 것이고 그 경험을 통해 느끼는 감정과 그것을 해석하는 방식도 모두 다르다. 하지만 신기하게도 바깥으로 나가보면 비슷한 경험을 한 이들이 있다. '그 감정이 무엇인지 안다'는 것이 전제가 됐을 때 위로는 더 큰 힘을 발휘한다. 집단에서 느끼는 치유력이 강력한 이유다. 내가 인생에서 가장 힘든 일을 겪었을 때도 가장 큰 위로가 된 존재는 비슷한 경험을 나누며 공감해주던 사람들이었다. 의외로 많은 이들이 나와 비슷한 아픔을 가지고 있었고 내가 정서적으로 황폐해질 수밖에 없는 상황을 이해해줬다.

문을 닫고 혼자만의 공간에 있을 때 편안함을 느낄지언정 그 시간이 언제까지나 계속될 수는 없다. '어차피 인간은 혼자'라는 인식에는 변함이 없더라도, 흔들릴 때는 바깥으로 나가 새로운 공기를 마시고 타인의 손을 잡아야 한다는 걸 알고 있다.

사람들 속으로 걸어나갔을 때 비로소 느낀다. 우리가 이렇게 연결돼 있고, 아픔을 공유하며 살아간다는 것을.

눈을 감고, 숨을 가다듬고,
내 안으로

아나운서였던 M씨가 삶이 벼랑 끝으로 내몰리고 있다는 느낌을 받은 건 근무하던 방송국이 갑작스레 문을 닫은 시점이었다. 대학 졸업 후 첫 직장으로 입사해 8년간 일했던 회사가 사라진 그 무렵, 회사일뿐만 아니라 여러 가지 나쁜 일들이 그녀를 괴롭히고 있었다. 특히 가족 구성원들간의 불화로 당시 집안 분위기는 마치 언제 분출할지 모르는 활화산 같은 상태였다. 집안 공기가 불편하니 아침마다 식탁 앞에 앉는 것조차 지옥 같았다.

극심한 스트레스로 건강은 무너졌다. 소화불량에 시달렸고 얼굴은 점차 납빛이 됐으며 병원에 가면 기력이 노인과 다름없다는 이야기를 들을 정도. 하루아침에 실업자가 되어 수입이 끊긴 상황은 경제적 불안감까지 더했고 몸과 마음은 최악의 상태로 떨어졌다. 어디서부터 문제가 시작된 걸까.

돌아보면 그녀의 어린 시절은 행복했다. 다방면에서 재능을 인정받고 어느 자리에서나 돋보이는 학생이었다. 마음만 먹으면 원하는 성적이 나왔고, 전국 1등을 한 적도 있었다. 크게 노력하지 않아도 사람들의 주목을 받고, 원하는 것을 상상하면 그대로 이루어지는 삶. 그런 화려한 인생은 아쉽게도 10대 중반 즈음 멈춰버렸다. 이전까지 생각대로 풀리던 일들이 그때부턴 정반대 방향으로 흘렀다. 고등학교에 입학하면서부터 서서히 쌓인 심리적 고통은 고3이 됐을 때 슬럼프로 나타났다. 결국 기대했던 대학보다 목표를 낮춰 지원해야 했고 진학한 뒤에는 불만족스러운 마음으로 학교를 다녔다.

대학 졸업 후 입사한 방송국 또한 메이저로 손꼽히는 곳이 아니었다. 남들이 보기엔 그 또한 많이 가진 것일 수 있으니 감사할 법도 했지만 그녀는 그러질 못했다. 어느 순간부터 실패자라는 생각에 사로잡힌 채 회사를 다녔다. 게다가 방송국은 끝없는 비교가 계속되는 곳이었다. 사람들이 더 많이 알아주는 방송국과 비교하고, 다른 아나운서들과 프로필이나 외모를 비교하면서 점점 더 작아지는 느낌. 주어진 상황 속에서 열심히 해보자는 긍정적인 생각은 들지 않았고 시간이 흐를수록 자격지심과 열패감만 커져갔다. 화려한 듯 보이는 아나운서라는 직업을 가졌지만 매너리즘에 빠져 재미도 보람도 느끼지 못하는 나날이 이어졌다.

그렇게 불만을 가진 채 다니던 회사가 문을 닫으면서 본의 아니게 실직을 하게 된 시점이 30대 중반이었다. 처음에는 주변을 탓하기만 했다. 회사는 왜 이럴까, 가족들은 왜 이럴까, 최선을 다했는데 왜 이런 일이 생길까. 자신의 잘못이 아니란 생각을 할수록 억울한 희생양이 된 것만 같았다. 하지만 퇴사 후 시간이 흐르자 계속 남 탓만 하고 있다가는 인생이 완전히 바닥으로 떨어질지도 모른다는 생각이 번뜩 들었다. 그리고 더 이상 이렇게 살면 안되겠다는 절박한 생각이 든 것도 그때였다.

분명한 건 그 모든 것이 한순간에 일어난 문제가 아니라는 점이었다. 삶의 여러 문제들은 대부분 그 전까지 점검하지 않고 회피해왔기 때문에 마침내 밖으로 드러난 경우가 많다. 문제를 중간중간 점검하지 않았던 것은 자신의 인생을 위한 책임 있는 노력을 미루어왔다는 의미이기도 하다. 무언가 노력을 해야겠다고 마음을 다잡기 시작할 무렵 친구의 소개로 한 명상 프로그램을 만났다.

인도에 본원을 두고 있는 오앤오(O&O)는 세계적 명상 기관이자 의식개발 학교. 외국에는 배우 휴 잭맨이나 뮤지션 어셔 등 세계적 스타들이 이를 통해 내면을 다스리는 것으로 알려져 있다. 그녀는 마음이 약해진 상태라 무엇이라도 도움을 받고 싶었지만 미신적인 것엔 거부감이 있었다. 그런데 오앤오 명상은 뇌의 특정 부분을 활성화해 의식 상태를 높이는 과학적 명상법이란 걸 알게 됐다. 명상 프로그램에 참가하며 조금씩 힘이 나기 시작하자, 그녀는 주기적으로 오앤오 센터에 나가 명상을 하기로 했다.

오앤오에서는 내면 세상이 외면 세상을 결정한다고 한다. 그렇다면 행복이란 것은 외부의 상황으로부터 오는 것이 아니라 내면에서 만들어진 스토리에서 비롯되는 게 아닐까. 내면이 평온해지면 삶에 문제가 생겼을 때 지혜로운 해결책이 보이기 시작하고 그로 인해 좋은 결과를 만들어낼 수 있다. 그녀는 자신이 직면한 문제들을 새롭게 바라보기 시작했다. 삶에서 일어나는 어떤 일들은 바꿀 수 없고 받아들여야 하지만 그것을 바라보는 자신의 관점을 바꿈으로써 스트레스로부터 벗어날 수 있다는 걸 깨달았다.

오앤오가 다른 명상 프로그램과 다른 점은 마음의 평화만 찾는 것이 아니라 명상을 통해 실제로 삶을 변화시키도록 이끈다는 점이다. 내면의 상태를 바꾸지 못하면 무언가를 이루려 노력해도 크게 바뀌는 건 없다. 그러니 핵심은 의식과 무의식의 변화에 있다. 무의식에 자리잡고 있던 잘못된 관점들을 바꿔나가고 과거의 감정을 해소하는 방법을 삶에 적용하자 많은 것들이 풀렸다. 가장 크게 느낀 것이 건강의 회복. 언젠가부터 항상 생기가 없고 피곤한 사람이던 그녀는 스스로가 건강하지 못하다는 생각에 사로잡혀 있었지만 명상을 계속하며 어느 순간 놀랄 만큼 건강해졌다.

변화를 실감하니 더 열심히 배우고 싶어졌다. 오앤오를 접하고 1년 반이 지났을 때 그녀는 일주일 일정으로 인도에 다녀오기로 했다. 인도 본원에서 가이드라 불리는 리더들이 명상과 마음수련을 이끌어줬다. 그녀는 스트레스를 해소하는 데 초점을 맞춘 코스를 밟았다. 일반적으로 명상이라면 대부분 호흡법을 주로 이용한다. 호흡을 컨트롤해서 내면의 에너지를 안정시키는 것. 오앤오는 그에 더해 마음이 힘든 이유를 직시해 삶의 방해물이 무엇인지 깨닫게 도와줬다. 그곳에서는 스트레스를 '실제 상황에 대해 일어나는 강박적이고 반복적인 생각과 감정'이라 했다. 대부분 아직 벌어지지 않은 일에 대한 괜한 걱정이나 이미 종료된 일을 곱씹으면서 발생하는 생각과 감정이 바로 스트레스다.

그러고 보면 어떤 사건 때문에 힘든 것이 아니라 그 전후의 생각과 감정 때문에 힘든 것인데 지금까지 그걸 인식하지 못했다. 지난 시간 동안 스트레스가 쌓인 것도 모른 채 살아온 시간이 결국 발목을 잡은 게 아닐까. 스트레스 상태에서 살아가는 사람들은 어느 순간 그 상태가 정상적인 것이라 착각한다. 그녀 또한 그랬다. 하지만 어떤 경우라도 투쟁적으로 살아가는 상태가 지속되는 것이 정상일 수는 없다. 마음이 힘든 상태에서는 주변 사람들까지 힘들게 만들기 마련이고 그로 인해 관계가 해체되기도 한다.

그 사실을 마주하자 그녀는 조금씩 삶의 무게가 가벼워지는 것을 느꼈다. 스트레스에서 벗어나려 노력하는 과정은 마치 큰 짐을 내려놓는 것과 비슷했다. 오앤오에서는 스트레스로부터 완전히 자유로워지는 것을 '아름다운 상태'라고 표현했다. 그녀는 고요한 상태에서도 충분히 원하는 것을 성취할 수 있다는 것을 배웠다.

인도에서 힐링을 경험하고 돌아오니 아직 미처 내려놓지 못한 짐마저 다 내려놓고 더 가벼워지고 싶은 마음이 들었다. 프리랜서로 라디오 방송일을 시작했지만 시간이 날 때마다 인도를 오갔다. 언젠가부터 몇 번째 인도행인지 굳이 세어보지 않을 정도가 됐다. 부, 성취, 관계 등 갈 때마다 다른 주제의 코스를 밟다가 결국 트레이너 과정까지 이수하고 돌아왔다. 처음 오앤오를 접한 뒤 3년 정도 지났을 무렵이었다.

다른 이들을 도울 수 있는 트레이너의 위치가 되자 라디오 방송을 하는 시간을 제외하곤 오앤오 교육에 주력했다. 막다른 길에서 명상을 하겠다고 찾아온 사람들이 점차 마음의 문제를 해결하며 고통으로부터 빠져나오는 것을 보며 보람을 느꼈다. 그런 활동을 통해 자신도 더욱 성장하는 것 같았다.

결국 방송을 완전히 그만두고 직접 오앤오 센터를 열기로 결심했다. 부모님은 이해하지 못했다. 방송국에 다니는 동안 그녀는 전혀 행복하지 않았다. 짜인 대본대로만 진행하는 일에서 성취감을 느낄 수 없었고, 늘 같은 월급을 받으며 다녔으며, 그 속에서 성장한다는 기분을 느끼지 못했다. 그러나 그녀와 달리 부모님은 아나운서 딸을 무척 자랑스러워했다. 반면 그녀가 새롭게 하겠다는 일은 그분들의 시선으론 매우 이상한 직업일 뿐이었다.

부모님의 반대에 부딪혔지만 쉽게 포기할 수는 없었다. 큰 보람 없이 다녔던 직장생활과 비교하면 이 일은 너무도 재미있었고, 마음이 아픈 이들이 많은 이 시대에 꼭 필요한 일이라는 생각도 들었다. 그리고 그때 중요한 점을 자각했다. 지금까지 다른 사람들의 시선을 의식하며 부모님의 기대치에 맞춰 살아왔고 자신이 우선이었던 적은 없었다는 사실. 이제는 누구의 뜻도 아닌 스스로가 진정으로 원하는 것을 해보자는 생각으로 새로운 직업을 선택했다. 처음으로 가슴이 원하는 것을 따라본 경험이었다.

센터 설립 초반에는 인도 본원에서 운영하는 깨어남 코스를 주로 진행했다. 그리고 이후 스트레스 디톡스 코스도 시작했는데 주로 명상에 관심이 많은 사람들이 힐링을 하기 위해 선택했다. 그 외에도 그녀가 직접 경험한 것을 적용해 개발한 코스들을 운영했다. 그녀의 센터에는 절박하게 힘든 상황에 처한 이들만이 아니라, 모든 노력을 다 했음에도 풀리지 않는 일이 있을 때 자신의 내면에 열쇠가 있으리란 생각을 가지고 찾아오는 이들도 많았다. 그런 사람들을 도와주면서 그녀는 자신의 모습을 돌아볼 수 있었고, 강의를 하면서 가르침이 다시 한번 깊이 새겨지는 듯했다.

그러면서 자신이 운영하는 센터가 일곱 배 가까이 성장하는 순간도 찾아왔다. 한 만큼 돌아온다는 것을 느꼈다. 성경에서 말하는 '뿌린 대로 거두리라' 혹은 불교에서 말하는 카르마와 다르지 않다. 선업을 많이 할수록 삶에 윤활유가 더해지는 법. 남을 도와주면서 자신에게 좋은 에너지가 만들어지는 것 같았다. 그 에너지를 통해 좋은 일들이 더 많이 다가오리라 생각한다.

지금도 여전히 배움은 계속된다고 느낀다. 그녀는 매일매일 존재 자체로 평온하고 행복한 상태로 살아가는 것을 삶의 목적으로 삼았다. 계획했던 일이 틀어졌다고 해도 내면이 불편한 상태로 들어가는 것이 아니라 편안하고 행복한 상태로 있도록 '선택'할 수 있다. 이미 가지고 있는 것을 망각한 채 그 한 가지를 이루지 못했다는 이유로 불행한 상태가 될 필요는 없다. 쉽지 않은 일이지만 내면을 감사함과 행복이 가득한 상태로 유지하기 위해 그녀는 온전히 현재에 깨어 있으려 노력한다.

방송국을 나오게 된 뒤로 그녀의 인생에는 드라마틱한 변화가 펼쳐졌다. 전문가들이 메이크업을 해주고 스타일링을 해준 모습으로 카메라 앞에 서는 외적인 활동을 하다가 내면 상태에 집중하며 명상하는 것은 실로 엄청난 변화였다. 명상을 시작할 무렵만 해도 이 일을 직업으로 삼게 되리라 생각하진 못했다. 직장이 사라진 위기 상황이 결국 진심으로 좋아하는 일을 찾게 해준 셈이다. 이젠 자신보다 더 가진 이들과 비교하며 괴로워하는 일은 많이 줄어들었다. 그럼에도 현재에 안주하는 것이 아니라 명상을 통해 발견한 새로운 비전을 좇아가고 있다. 지금까지 개인의 마음 치유를 도와주는 일을 해왔다면 이제는 회사나 대중을 상대로 더 규모를 확장할 계획을 세웠다.

실직의 상처로 인해 드러난 인생의 문제들을 해결하고 고통 속에서 빠져나온 경험은 중요한 자산이 됐다. 살면서 위기의 순간을 맞을 때 스트레스에 시달리며 허우적거리는 대신, 개선할 점을 찾아내 성장의 기회로 삼도록 만들어줬다. 그 자산을 토대로 새로운 일을 시작한 걸 보면 인생은 단편적인 것이 아니라 큰 틀에서 신비롭게 연결돼 있는 것만 같다. 삶의 놀라운 연결성을 확인한 그녀가 앞으로 계속할 것은 배움을 통해 내면을 평온하고 자유로우며 '아름다운 상태'로 유지하는 일. 동시에 보다 많은 사람들이 마음을 치유하고 행복한 상태에서 풍요로움을 누릴 수 있도록 기여하며 살아가려 한다.

얼마 전 후배의 추천으로 명상 앱을 하나 다운받았다. 살펴보니 기본적인 호흡명상에 관한 가이드부터 상황과 기분에 따라 이용할 수 있는 다양한 콘텐츠가 있었다. 아침에 눈떴을 때나 잠들기 전, 혹은 우울한 기분을 느낄 때 필요한 명상 등 끌리는 제목이 많았다. 각 콘텐츠를 재생하면 차분한 여성의 음성이 흐르며 마음을 가다듬을 수 있도록 이끌어줬다. 앱을 이용해서도 명상할 수 있다는 걸 확인하니, 명상이란 것이 어려운 수행법으로 느껴지지 않았다. 하긴 빌 게이츠도 명상을 한다고 밝히지 않았던가. 종교적 색채나 신비주의적 요소가 개입되지 않은, 마음의 편안함을 얻을 수 있는 명상을 하고 있다고.

처음 앱을 사용했을 때 놀란 것은 목소리의 주인공이 말하는 속도였다. 평소 팟캐스트로 뉴스를 들을 때조차 1.5배속을 맞춰두고 듣던 내 습관으로는 낯설 만큼 여유로운 목소리. 명상앱엔 당연히 1.5배속 버튼 같은 건 없었다. 느긋하게 흐르는 그 목소리에는 조급증에 걸린 사람의 전진하는 속도를 감소시키고 천천히 호흡하게 해주는 편안함이 있었다. 명상앱을 사용하는 동안 다르게 흐르는 시간을 누렸다.

앱을 사용하며 희미하게나마 명상이 이런 것이구나, 느낀 뒤 실질적으로 그것을 경험한 건 그 무렵 다니기 시작한 요가원에서였다. 운동 한 가지도 꾸준히 해본 적이 없던 내가 꽤 먼 거리를 오가며 그곳에 다닌 이유는 공간과 분위기가 주는 온기 때문이었다. 몸의 긴장을 풀고 동작을 취하면서 이런 말을 들었다. "무리하지 말고 되는 만큼만 하라"고. 요즘 어디서도 그리 쉽게 들을 수 있는 말이 아니다. 최선을 다하고, 안 되는 걸 되게 해야만 제대로 된 결과물이 나온다는 생각으로 에너지를 쏟는 것과는 정반대의 태도였다. 모든 동작이 끝난 뒤 명상을 할 때면 내가 어떻게 숨쉬고 있는지 알아차리고 현재에 충실하며 나에게 집중하는 법을 연습했다. 몸을 돌본다는 느낌보다는 마음의 건강을 챙기고 있다는 느낌이 더 컸다.

오앤오의 설립자 크리슈나지는 자신이 스트레스로부터 자유로운 '아름다운 상태'에 있지 않을 때는 아무런 결정을 하지 않고 기다린다고 한다. 그 순간엔 잘못된 결정을 내릴 수 있기 때문이라고. 돌아보면 스트레스를 받으며 살면서도 매일매일 관성대로 살아갈 때는 그것이 부정적인 상황이라는 것을 깨닫지 못했다. 그 정도 스트레스는 당연하게 받아들였으니까. 하지만 그것은 결코 당연한 것이 아니고, 아름답지 못한 상태였다.

스트레스는 외부에서만 오는 것이 아니다. 있는 그대로의 나를 인정하지 못해 끊임없이 비교하고 부끄러워하며 내가 나를 멀리하는 일이 많았다. 잘하는 것들에 대해 생각하기보다는 못 가지고 부족한 것에 집착했고, 따스한 칭찬보다는 비난과 질책을 하는 일이 더 잦았다. 나를 무시하는 일, 그 또한 내가 나에게 주는 스트레스였다. 명상은 내면에 주의를 기울여 그것을 알아차리도록 도와줬다.

내가 경험한 명상이란 도를 닦는 것도 아니고, 정답을 찾아가는 것도 아니다. 다만 깨어 있는 상태로 나를 바라보며, 적어도 그 시간만큼은 나에게 온전히 집중하는 것. 그 과정을 통해 그동안 따돌려온 나를, 최소한 그 시간만큼은 보듬어줄 수 있었다. 그러다 보면 문득 진심으로 사과하고 싶은 순간이 찾아왔다. 내가 나에게, 그토록 차갑게 굴어서 미안하다고.

우리, 이렇게 연결되기를

깊은 마음의 상처는 시간이 흘렀다는 이유만으로 저절로 괜찮아지지 않는다. 묻어두고 산다면 조금씩 무뎌질 수는 있지만 어쩌면 그 상태로 괜찮다는 착각 속에 살아가는지도 모르겠다. K씨가 비폭력대화(Non-Violent Communication, NVC)를 공부하기 시작한 것도 특별한 문제를 느껴서가 아니었다. 그저 친척 집에서 우연히 마셜 로젠버그가 쓴 『비폭력대화』라는 책을 발견한 것이 계기였다. 당시는 비폭력대화가 한국에 들어온 지 4년 정도 된 시점. 간디의 비폭력주의는 익숙하게 알고 있었지만 대화에도 비폭력이 있다니! 책을 읽어보니 무척 흥미롭게 느껴졌다. 자신이 맺어온 여러 관계들에 비추어봤을 때 공감이 가는 부분이 많았다. 책을 접한 뒤 그녀는 한국비폭력대화센터에서 약 두 달간 진행하는 교육과정을 신청했다.

비폭력대화의 기본적인 목적은 '질적인 연결'이다. 어떤 상황에서 무슨 일이 일어났을 때 습관적으로 판단하고 평가하는 것을 멈추고, 대신 있는 그대로 '관찰'하고 자신의 '느낌'을 인지한다. 알아차리고 수용하는 것이다. 그리고 그것이 내면의 어떤 '욕구'와 연결되는지 이해하고, 자신과 상대에게 바라는 행동을 표현하며 '부탁'한다.

이것을 상대에게도 적용할 수 있다. 상대는 무엇을 관찰하고 느끼며 어떤 것을 원하고 부탁하는가를 이해한다. 결과적으로 상대와 마음으로 주고받는 '질적인 연결'을 통해 서로의 욕구가 동시에 만족될 수 있다. 비폭력대화로 이어진 관계는 누구도 희생하지 않는다. 상대가 원하는 것을 해주기 위해 자신을 부정할 필요가 없다. 자신이 원해서 기꺼운 마음으로 하는 것이다.

관찰, 느낌, 욕구, 부탁의 각 요소는 상황 속에서 자연스럽게 적용할 수 있도록 연습이 필요하다. 그녀는 비폭력대화 강좌를 심화과정까지 수료한 뒤, 함께 수강한 사람들과 연습 모임을 만들었다. 배운 것을 잘 적용할 수 있도록 자신의 삶에 관한 이야기를 하고 서로 공감하는 모임이었다. 일상에서 문제를 겪었을 때 실제로 경험한 것과 자신이 해석한 것의 차이는 무엇인지, 그리고 정말 원하는 것은 무엇인지 스스로 찾아가는 작업을 했다. 2년간 한 번도 빠짐 없이 매주 모임에 나갔고 그 과정에서 외부로 향해 있던 관심이 내면으로 집중됐다. 자연히 자신의 상처도 들여다보게 됐다. 오래전의 기억이 서서히 다시 올라왔다.

모두 극복했고 이제는 괜찮다고 생각해왔다. 결혼을 하고 아이를 키우며 무난하게 산다고 생각해왔다. 하지만 비폭력대화에서 배운 것들을 사람들과의 관계에 적용하자 자신이 괜찮은 게 아니라 아픔을 눌러둔 상태로 살아왔다는 사실을 직시하게 됐다. 과거의 일에 지배당한 채 현재를 살고 있었다. 자신이 억눌러온 내면의 목소리가 들려왔다. "내가 그렇게까지 노력했는데 어떻게 나에게 이러나." 지금은 돌아가신 엄마를 향한 서운함과 원망의 목소리였다.

어린 시절, 그녀는 학교와 가정에서 마치 이중적 삶을 사는 것처럼 정반대의 상황에 놓여 있었다. 학교에서는 친구들의 부러움의 시선을, 집에서는 동네 사람들의 동정의 시선을 받았다. 학교에서는 반장을 하고 공부를 잘하는 학생으로 칭찬받았지만 집에 오면 술에 취해 있는 엄마를 마주해야 했다. 엄마는 평소에는 따뜻한 모습이었지만 술을 마시면 다른 사람처럼 변했다. 운동회나 시험 등 중요한 일이 있을 때마다 술을 마셔서 그녀를 곤란하게 만들곤 했다. 다른 지역을 오가며 일하느라 5일마다 집에 오던 아빠는 술에 의존해 신세한탄을 하는 엄마를 지켜보다 급기야 손찌검을 했다. 그녀는 스스로가 그 누구보다 초라하게 느껴졌다. 술에 취한 엄마를 숨기고 싶었다. 집에 친구를 데려오지도 못했다. 들킬 것에 대한 두려움이 마음 한편에 늘 자리했고, 조마조마한 상태로 불안감과 죄책감을 동시에 느꼈다.

그녀는 '왜 엄마는 나를 생각해주지 않을까.' 하는 생각은 애써 억눌렀다. 대신 '어떻게 하면 엄마가 괜찮아질까.' '어떻게 해야 엄마가 술을 마시지 않고 안정적인 생활을 할 수 있을까.' 하는 생각뿐. 늘 눈치를 보며 엄마의 기분을 좋게 해주기 위해 노력했다. 그렇게 오랫동안 애증의 관계였던 엄마는 그녀가 결혼하기 전, 갑작스레 세상을 떠났다.

자신의 간절함이 상대에게 닿았으면 좋겠다는 마음, 상대도 자신의 의도와 노력을 중요하게 여겨줬으면 좋겠다는 마음, 그리고 사랑받고 싶다는 마음. 그것이 엄마를 향한 그녀의 욕구였다. 비폭력대화를 공부하면서 엄마에게 차마 꺼내지 못했던 과거의 말들이 되살아날 때마다 마음이 아팠다. 이제는 괜찮은 줄 알았는데 그렇지 않다는 것을 확인하니 당혹스럽기도 했다.

비폭력대화의 연습모임이 이어지던 어느 날, 어린 시절의 상처가 자신도 모르게 20여 년이 지난 현재에 영향을 미치고 있다는 사실을 절감한 일이 있었다. 친구가 우울한 표정으로 고개를 숙이고 있는 것을 보자 그녀는 쇼핑한 물건을 자신도 모르게 내밀었다. "색깔이 예뻐서 네게 주려고 샀다"는 말과 함께. 전혀 사실이 아닌 엉뚱한 말이 튀어나온 것이다. 평소 그녀에겐 상대의 기분을 좋게 만들어줘야 한다는 이상한 의무감 같은 것이 있었다. 우울한 사람을 보면 신경이 쓰이고, 자꾸 무엇이라도 해서 그 상태를 바꿔보려고 노력하며 엉뚱한 마음의 짐을 지곤 했다. 상대의 감정은 그녀 자신의 책임이 아님에도 빨리 상대를 나아지게 만들어 자신도 편안해지고 싶은 조바심에서 나온 왜곡된 행동. 그 또한 엄마가 어두운 표정을 지을 때마다 기분을 살피던 과거 자신의 모습과 겹쳐졌다.

이번에는 예전과 달리 자신의 행동을 그냥 넘어가지 않고 곰곰이 되짚어 생각해봤다. 그녀는 연습모임에 나가 스스로도 황당하게 느껴졌던 자신의 행동에 대해 말했고 사람들과 그것에 대해 이야기를 나눴다. 그녀가 내린 결론은 '안전하고 싶다'는 욕구 때문에 자신의 시간과 물건과 에너지를 주는 방식으로 상대의 기분을 좋게 해주려 노력해왔다는 것이었다. 그동안 의도치 않게 상대의 감정에 휘둘린 셈. 그건 자신의 삶을 존중하지 않는 태도였다.

지난 시간을 돌아보며 그녀는 누군가에게 감정적으로 귀속되지 않고 자기 자신으로 바로 서야겠다는 생각을 했다. 그런 면이 있다는 것을 알아챘다고 해서 바로 고쳐지진 않았지만 시간이 흐를수록 자신의 욕구를 들여다보며 다르게 행동할 수 있게 됐다. 우울한 표정의 친구를 만나면 불안해하며 기분을 살피기보다는 여유를 가지고 조금쯤 물러서서 "무슨 일 있냐"는 말을 건넸다.

그녀는 비폭력대화를 일상적인 관계에서 적용하고 실험하는 작업을 계속했다. 결혼 후 남편과 자주 다투던 시기를 떠올려보면 그때마다 그녀는 남편에게 '무심한 사람'이라는 도덕적 판단과 비난을 했다. 하지만 '남편은 무심해'라고 단정하는 것과 '내가 남편을 무심한 사람이라고 생각하는구나'라고 인식하는 것은 엄연히 다르다. 이 사실을 깨닫자 부부싸움을 하다가 예전이라면 화를 내거나 문을 쾅 닫고 들어갔을 상황에서도 비폭력대화로 자신의 내면에서 일어나는 일을 바라보는 훈련을 했다. '지금 내가 외롭구나.' '서운하고 슬프구나.' 하는 감정의 실체를 인식하면 차분해졌다.

아들과의 관계에서도 마찬가지. 건강한 음식을 만들어 먹이려고 노력하는 자신의 정성을 아들이 노골적으로 거부한다고 생각되거나, 아들이 자신의 바람과 정반대되는 행동을 바로 눈앞에서 할 때면 분노가 폭발하곤 했다. 하지만 이제 그녀는 화가 난 상태를 바깥으로 드러내지 않고 '우선 멈춤'을 할 수 있게 됐다. 그리고 지금 내면에서 무슨 일이 일어나고 있는지 자신의 상태를 바라보고 서운함이란 감정을 확인했다. 멈춤의 시간은 때론 몇 초가 되기도 하고, 몇 분 혹은 그 이상이 걸리기도 했다. 그런 다음 아들과 대화하면 감정이 북받쳐올라 뜨거웠던 갈등 상황을 부드럽게 풀어갈 수 있었다.

비폭력대화는 단순한 대화법이 아니라 자신을 이해하고 수용하게 되는 과정이었다. 그 이해가 깊어질수록 상대에 대한 시선도 너그러워졌다. 가까운 이들과의 관계는 더 좋아졌고 사회에서 불필요하게 얽매였던 이들과의 관계는 자연스럽게 편안한 만큼의 거리를 두게 됐다.

그런데 느닷없이 다시 힘든 사건이 찾아왔다. 둘째 아이를 유산한 것이다. 이미 임신 초기에 두 번의 유산을 경험했는데 세 번째로 다시 가진 둘째 아이가 임신 9개월이 됐을 때 사산이 되고 말았다. 유도분만으로 죽은 아기를 낳은 일은 지금까지 경험한 모든 고통과 두려움을 넘어서는 일이었다. 만삭으로 배가 불렀다는 사실을 주위 사람들이 다 알지만 그녀에게는 아기가 없었다. 어렸을 때는 자신의 집안 상황을 친구들에게 숨겼지만 이번에는 그럴 수도 없었다. 사람들은 안부를 묻듯 당연하게 둘째 아이의 출산에 대해 물어올 텐데 그것이 두려웠다. 자신이 겪은 고통과 상처를 모두에게 드러내야 한다는 사실이 절망스러웠다. 대체 자신이 무엇을 잘못한 것일까 하는 죄책감이 몰려왔다. 당시 여섯 살이던 아들도 혹시 잘못되지 않을까 하는 마음에, 아들이 밖에 나갈 때마다 근거 없는 불안감에 시달렸다.

그녀는 3개월을 꼬박 집 안에서만 지냈다. 당시 그녀가 할 수 있는 건 힘겨운 시간을 통과하고 있는 스스로를 따뜻한 시선으로 보아주는 것이었다. 비폭력대화를 배우는 것과는 별개로 이렇듯 슬프고 힘든 일은 생길 수 있다. 그래도 힘든 상황에서 두려워하는 자신을 만나고 공감해주면 그 위로는 몸으로 바로 전해졌다. 조금이나마 숨을 깊게 내쉴 수 있는 기분이 들었으니까. 그렇게 자신을 있는 그대로 수용하는 시간을 보냈다. 피하지 않고 슬픔을 받아들였고, 두려워서 심장이 조여올 때는 그 상태를 부드럽고 따뜻한 시선으로 바라보려고 노력했다. 그러면 삶을 전체적으로 보게 되면서, 애도해야 하는 아픔만이 아니라 이미 존재하는 감사한 것들도 눈에 들어왔다. 덕분에 힘들었던 시기를 조금이나마 잘 견뎌낼 수 있었다.

비폭력대화는 지금까지 그녀가 흔들리지 않고 중심을 잡을 수 있도록 마음속에 닻을 내려 지탱해주는 역할을 하고 있다. 시간이 흐를수록 비폭력대화를 잘 적용할 수 있는 마음근육이 생긴 것 같다. 이제 그녀는 예측하지 못했던 상황이나 어려움이 닥치면 내면에서 '지금 괜찮은가.' 그리고 '내가 원하는 게 무엇인가'라는 두 가지 질문을 한다. 그 질문 속에 비폭력대화의 네 가지 요소가 다 담겨 있는 셈이다.

그 질문을 다른 누군가가 해줄 수도 있다. 그러면 스스로에 대한 비난 속에 파묻혀 혼란스러울 때 제자리를 찾는 게 가능해진다. 그래서 그녀는 마을공동체를 만들어 5년째 비폭력대화를 포함한 여러 가지 프로그램을 사람들과 함께하고 있다. 공동체 안에 보이지 않는 울타리가 만들어져, 기쁨과 슬픔이 공존하는 삶의 매순간에 사람들이 그 울타리를 함께 지키며 있는 그대로 기뻐하고 슬퍼할 수 있으면 좋겠다고 생각한다.

요즘 그녀가 중요하게 생각하는 것은 영성에 기반해 살아가는 것이다. 종교생활을 하지 않아서인지 처음 영성이란 단어를 접했을 때 매우 먼 것처럼 느껴졌다. 하지만 비폭력대화를 시작한 뒤 신기하게도 이런 게 영적 교감일까 싶은 순간이 종종 있었다. 영성은 멀리 있는 개념이 아니라 내면에 자리한 삶의 깊은 가치와 접촉할 때 체험할 수 있는 게 아닐까. 그런 느낌을 선물처럼 문득문득 만나는 요즘, 그녀는 사는 게 참 좋아졌다는 생각을 한다.

어떤 만남이 끝나고 돌아서면서부터 '왜 그랬을까'를 되뇌며 부끄러워할 때가 있다. 다행스럽게도 언젠가부터 그런 후회를 하는 일이 줄어들고 있지만 지난 연말 또 한번 괴로운 경험을 했다. 어쩌면 다시는 없을 기회, 마지막 만남이 될지도 모른다는 생각으로 나간 자리. 내 진심과는 다른 날카로운 말이 튀어나왔고 어색하게 자리를 마무리한 뒤 집에 돌아와서는 나 자신을 비난했다. 내가 다 망쳐버렸구나, 순간적으로 올라오는 감정을 참지 못하고 왜 그렇게 예민하게 굴었을까.

흔히 '이불킥'을 한다고들 하지만 비단 자려고 누웠을 때만이 아니다. 집으로 돌아오는 길에서부터 시작되는 자기비난의 목소리는 설거지를 할 때도, 샤워를 할 때도 시도 때도 없이 불쑥 올라와서 괴롭힌다. 입 밖으로 내뱉지 않아도 나에게 하는 말들은 날카롭고 잔인하다. 내가 나에게 꽂는 비수다. '오늘도 참 바보같이 행동했네.' 이런 목소리가 올라올 때마다 마음이 무거워진 채로 나를 책망하다 보면 어느 순간 정말 보잘것없는 사람이 되어버린 기분이 든다.

그러고 보면 비폭력대화가 타인과의 대화에만 적용되는 것은 아닐 것이다. 비폭력대화로 인해 사람들과의 관계에서 긍정적 효과가 나타나는 것도 좋지만 그보다 먼저 나에게 휘두르는 언어적 폭력부터 제어하는 일이 더 시급하고 중요하게 느껴진다.

마셜 로젠버그가 쓴 책 『비폭력대화와 사랑』을 펼쳤다. 비폭력대화에서 말하는 '질적인 연결'은 타인과의 생명력 있는 대화를 통해 판단 없이 공감하고 받아들일 수 있는 연결을 의미한다. 그리고 동시에 자신과의 연결을 의미하기도 한다. 책에서 저자는 이렇게 이야기한다. '비폭력대화는 내 안에 있는 아름답고 신성한 에너지와 연결을 유지할 수 있게 도와주며, 다른 사람 안에 있는 그 에너지와도 연결할 수 있게 돕습니다. 이것이 제가 지금껏 경험한, '사랑'에 가장 가까운 것입니다.' 먼저 자기연민을 가지고 스스로 공감하기 위한 노력부터 하는 게 좋겠다. 나와의 질적인 연결을 할 수 있다면 그것을 바탕으로 타인과도 어렵지 않게 연결될 수 있을 테니까.

비폭력대화를 적용한다면 마음이 불편할 때 가장 먼저 해야 할 일은 나에게 말 걸기. 그때 왜 그런 행동을 했고 지금은 어떤 상태인지 자문하는 것이 출발이다. 그렇게 내 속에서 일어나는 일들을 관찰하고 느끼며 왜 그런 감정이 드는지 살펴보면 실제보다 과장해서 생각했다는 것을 자각하게 된다. 왜 그렇게 홀로 드라마를 쓰고 있었나 싶을 만큼 상황 인식이 왜곡된 것을 확인할 때도 있다. 그리고 깨닫는다. 내가 습관적으로 '판단'하고 있다는 걸.

판단의 습관을 거두고 마음에서 일어나는 일을 있는 그대로 직시하며 왜 내가 그런 행동을 했고, 왜 그 일이 부끄러운지 생각해보면 그보다 한층 아래에 자리한 본질에 가까워진다. 그 본질은 상처나 외로움, 실망감, 당혹감, 열등감, 분노 등 다양하다. 그 감정을 다독여주고 자기공감을 연습하는 것이 나를 더 깊이 이해할 수 있는 길이다. 그렇다면 다시는 이 불킥을 할 일이 일어나지 않는 걸까. 아마 그런 일은 또 일어날 것이다. 하지만 내게 어떤 아픔이 있는지 들여다보고 공감해주며 그것으로부터 자유로워진다면 그런 일은 점차 줄어들지 않을까.

『비폭력대화와 사랑』에서 이 구절이 참 와닿았다. '우리는 점점 덜 어리석어지려고 노력할 뿐입니다.' 완벽한 인간이 되는 것보다는 조금씩 나은 인간이 되는 게 더 근사한 것 같다. 내 깊은 내면의 에너지와 질적인 연결이 잘 이루어지는 것이, 지금보다 덜 어리석어질 수 있는 하나의 방법이 되리라. 그렇게 살아가고 싶다.

나의 운명을 생각해본다는 것

삶이란 무엇일까, 어떻게 살아야 잘 사는 것일까. 초등학교 교사인 S씨가 사춘기 때부터 지속적으로 가슴에 품고 있던 질문이다. 이 질문은 성인이 되고 시련을 겪으면서 더 간절해졌다. 부모님의 권유에 따라 교대에 진학해 교사라는 직업을 가졌고, 소위 결혼적령기라 여겨지는 시기에 결혼도 했다. 그렇게 남들처럼 사는 것 같았지만 삶은 녹록지 않았다. 초반부터 힘들었던 결혼생활이 몇 년 만에 실패로 끝났기 때문이다.

그녀에게 결혼생활은 그동안 가지고 있던 모든 가치관이 다 흔들리다 못해 뿌리째 뽑히는 경험이었다. 남편과 그의 집안은 '돈'이라는 것이 다른 모든 가치보다 우선하는 사람들이었고, 시아버지의 영향력이 너무도 강했다. 경제적 능력이 없는 남편은 시아버지의 말에 따라 움직였다. 결혼 전에는 전혀 몰랐던 이상한 세계에 들어가니 결혼 초반부터 속이 터질 것처럼 답답한 일을 자주 겪었다. 그럴 때마다 일기를 쓰며 마음을 다독여보기도 했지만 이렇게 계속 살아간다면 스스로를 파멸로 이끌 것만 같았다. 딸 둘이 마음에 걸렸지만 도저히 받아들일 수 없는 환경에서 벗어나야겠다는 생각을 했다.

다툼이 이어지던 와중에 남편이 혼자 외국으로 떠나버리면서 자연히 별거를 하게 됐고 6개월 뒤에는 이혼소송이 시작됐다. 경제적 능력마저 없으면서 가정을 버리고 무책임하게 떠나버렸으니 이혼사유가 충분했다. 당연히 법적으로 유리한 싸움이었다. 절차부터 하나하나 직접 알아보며 소송을 진행했고 결국 승소했다. 하지만 상대 측에서 이미 재산을 다른 쪽으로 모두 정리해둔 탓에 받을 수 있는 것은 없었다. 별거가 시작된 뒤 이혼을 하기까지 걸린 시간이 2년. 그렇게 30대 중반이 됐다.

이혼이라는 큰 사건은 누구에게나 힘든 일이겠지만 그녀에게 특히 엄청난 배신감을 안긴 것은 남편과 그 집안이 아이들을 키우지 않겠다고 외면했다는 사실이었다. 어떻게 그렇게 무책임할 수 있을까. 깊은 상처가 남았다. 하지만 하루빨리 정상적인 생활로 돌아가야만 했다. 정신을 차리고 보니 자신만 바라보는 어린 두 딸이 있었고, 혼자 아이들을 키우며 살아가기 위해서는 상처받은 마음을 치료하면서도 직장생활을 계속해야 했다. 한편으로는 그래서 무너지지 않고 버

틸 수 있었다.

우선 별거 기간 동안 머물던 부모님 집에서 나와 독립을 하기로 했다. 산동네에 자리한 저렴한 전셋집을 구해 이사했고, 아이들을 위해서라도 힘든 일들을 빨리 털어버리려 여러 가지 노력을 했다. 먼저 선택한 것은 글쓰기였다. 일을 하면서 방송통신대 국문과에 입학해 2년간 공부했다. 공부를 하고 많은 책을 읽으면서 아무런 목적 없이 자유롭게 글을 쓰는 시간. 어떻게 살아왔고, 지금 심경은 어떤지, 무엇에 화나는지 등 모든 것을 솔직하게 털어놓는 기분으로 써나갔다. 세상에 공개하지 않을 혼자만의 기록이었지만 마음을 회복하는 데 꽤 도움이 됐다. 방통대에서 공부를 마친 뒤 1년 정도는 심리학 공부를 했고 또 그다음으로는 예술 분야에 끌려 미술치료에 관한 연수를 받았다. 관심은 곧 음악으로도 흘러 국악기와 전통춤도 배우기 시작했다.

그렇게 자기계발을 계속하는 동안 화가 점차 사그라들고 조금씩 편안해졌다. 그래도 마음속에는 여전히 상처가 남아 있었다. 그러던 중 뜻밖의 사고를 계기로 명리학을 만나게 됐다. 주택으로 이사한 뒤 봄맞이 대청소를 하고 옥상에서 내려오다가 아래로 떨어지는 사고를 당한 것이다. 생각보다 부상은 컸다. 발목이 골절돼 핀을 박는 수술을 받고 장기간 입원해야만 하는 상황. 아이들도 꽤 컸고 보다 나은 공간으로 이사도 했으니 이제야 생활이 안정되었다는 기분을 느끼던 중이었는데 한동안 병원신세를 지게 됐다. 일상이 다시 흔들렸지만 받아들일 수밖에 없는 일. 하릴없이 병원에 누워 있는 동안 우연히 명리학 팟캐스트를 듣기 시작했다. 출연자들의 입담 덕분인지 명리라는 것이 참 재미있게 다가왔다. 문병을 오는 지인들에게 명리학 관련 서적을 사달라고 부탁해 책도 읽었다. 덕분에 지루하지 않게 병원생활을 할 수 있었다.

퇴원을 한 뒤 곧 명리 기초반에 등록했다. 그 강좌에는 역술가가 되려는 사람들은 거의 없었고, 명리를 하나의 교양이자 인문학으로 접근하며 장기적으로 공부하려는 이들이 대부분이었다. 처음에 배운 것은 음양오행에 대한 것으로, 이해하기에 그다지 어려울 것이 없었다. 그런데 과정이 진행될수록 이것이 1, 2년 공부할 만한 단순한 학문이 아니라는 것을 깨달았다. 명리는 '나를 알아가는 학문'이었다. 음양오행의 여덟 글자로 구성된 한 사람의 명식에 얼마나 깊은 의미가 담겨 있는지, 알면 알수록 공부할 것이 많다고 느껴졌다. 결국 그녀는 기초반에 이어 심화, 임상, 세미나 과정까지 모두 밟았다.

명리 공부가 깊어질수록 사람에 대한 이해가 넓어진다는 기분이 들었다. 자신이 우주라는 큰 개념 속의 작은 일원이라는 인식이 생기고, 영원한 시간 속에서 잠시 한 공간을 차지한 존재라는 생각이 드니 자연히 시야가 확장된 것이다. 학교에서도 아이들을 더 넓은 시각으로 보게 되어 마음의 여유가 생겼다. 그것은 곧 자신이 넓어지는 일이기도 했다. 만약 누군가 '나를 알아가고 사람을 알아가는 학문'으로서 명리에 접근하고자 한다면 그녀는 적극적으로 추천한다. 자신을 알아야 세상을 다르게 볼 수 있고 삶에서 생겨나는 갖가지 문제를 해결할 수 있는 법이니까.

물론 주변에는 명리에 대한 편견을 가진 이들도 있다. 명리를 하나의 학문이라 인식하지 못하고 점이나 미신으로 여기는 것이다. 사는 게 괴롭다고 불만을 터뜨리고 힘든 일을 하소연하는 이가 있어 도와주고 싶은 마음에 생시를 물어봤다가 대뜸 “그런 건 무서워서 보지 않는다”는 이야기를 듣기도 했다. 하지만 한편으로는 흥미를 가지고 조언을 구해오는 후배들도 많았다. 의외로 20대의 젊은 교사들이 색안경을 끼지 않고 명리에 대한 질문을 해와 한참 동안 상담을 해주기도 했다.

그녀는 지난 인생에 대한 기억을 되살려가며 10대부터 있었던 굵직굵직한 일들을 혼자 기록해보았다. 찬찬히 생각해 정리하느라 한 달 정도의 시간이 걸렸다. 그 사건들과 자신의 명식을 비교해보며 10년 단위로 바뀌는 대운의 흐름을 맞춰보니, 정확히 대운이 바뀌는 시기에 학교에 합격하거나 결혼을 하거나 이사를 하는 등 큰 변동이 있었다는 사실을 알고는 깜짝 놀랐다. 하지만 명리 공부를 계속하며 운명이란 것이 생시에 따라 고정된 것이 아니라 인간의 의지에 따라 변화가 생기고 주체적으로 결정할 수 있다는 것도 깨달았다.

누구에게나 아직 펼쳐지지 않은 미래에 대한 불안감이 있다. 명리가 그 불안감을 풀어주지는 않지만, 배를 타고 갈 때 폭풍우가 몰아칠 것을 모르는 것과 예견하고 있는 것은 전혀 다르다. 갑자기 닥치는 일에 어느 정도 준비를 하거나 우회하는 것은 인간의 의지로 대비할 수 있다. 그녀는 좋은 기운이 들어오는 시기도, 나쁜 기운이 들어오는 시기도 있다는 것을 알지만 그 시기를 무작정 받아들이기만 한다면 명리 공부를 하는 의미가 없다고 생각한다. 흔들리는 시기에도 울고 있지만은 않겠다는, 담대한 태도로 그 시기를 잘 보내겠다는 마음가짐을 갖게 된 것이다.

과거의 상처를 대하는 그녀의 태도도 많이 달라졌다. 예전에는 결혼생활이나 이혼에 관한 이야기를 되도록 꺼내지 않으려 했다. 마치 치부를 드러내는 기분이었기 때문에 몇몇 친한 이들에게만 밝혔다. 이제는 이혼 경험이 있다는 게 관계를 맺는 데 중요하지 않다는 생각이 든다. 새로운 사람들과도 어느 정도 가까워지면 자연스레 사적인 이야기를 하게 됐다. 결혼은 곧 행복이고 이혼은 곧 불행이라는 공식을 부정할 수 있게 된 덕분이다.

돌이켜보면 안정을 되찾은 시기에 뜻밖의 사고를 통해 명리 공부를 시작한 것도 신기한 일이다. 나쁜 일이 벌어진다 해도 그 안에서 행운을 발견할 수 있다는 것을 알게 됐다. 그러면서 인생관도 바뀌었다. 예전에는 시련 앞에서 꼭 이겨내고 말겠다는 생각으로 버텼다. 하지만 이제는 어려운 일이 닥치면 극복하기 위한 노력은 하되, 안 되는 일에 매달려 좌절할 필요는 없다고 생각한다. 그래서 '열심히 살자'였던 삶의 자세가 '흐르듯이 살자'가 되었다. 주어진 상황 속에서 순리대로, 할 수 있는 만큼만 하면 된다는 태도. 삶 자체가 보다 유연해진 기분이다.

요즘은 사람들에게 부드러워졌다는 이야기를 많이 듣는다. 이혼의 상처를 겪은 뒤, 의견이 맞지 않는 상대에게는 마음을 닫아버린 적이 많았다. 어떻게든 의지로 극복하겠다는 강한 자세로 무장한 채 사는 모습이 남들에게도 그리 편치는 않았을 것이다. 흐르듯이 살겠다는 태도는 사람에 대한 애정을 불러왔고, 덕분에 좋은 이들을 만나서 좋은 관계를 많이 만들어가고 있다. 명리 공부를 통해 얻은 가장 값진 소득은 바로 '사람'이다. 사람을 사랑할 수 있게 된 것.

강좌를 통해 만난 사람들과도 좋은 관계를 맺고 있다. 지금은 명리학 강좌의 모든 과정을 마쳤지만 함께 공부한 이들과 스터디 모임을 만들어 계속 공부하고 있다. 10년 정도는 꾸준히 공부해야 할 학문이라는 데 의견을 같이했기 때문이다. 그리고 한 디지털대학의 동양학과에 진학할 계획도 세웠다. 명리와 풍수를 종합적으로 다루는 교과 과정이 흥미로울 것 같다.

지나간 30대는 험한 길을 방황하며 힘들게 헤쳐온 격동의 시간이었다. 그야말로 굵직굵직한 사건들이 이어졌다. 40대에 들어서자 많은 것들이 편안해지고 마음도 여유로워졌다. 지난 시절 좌충우돌하며 해결하지 못해 전전긍긍하던 정신적 방황이 모두 가라앉는 느낌이 들었다. 30대에는 상상할 수조차 없던 40대이다. 주저앉지 않고 끊임없이 마음공부를 했던 30대가 있었기에 편안한 40대가 찾아왔다. 이것이 삶의 연륜인가 싶기도 하다. 다가올 50대, 나이가 들어가면서도 끊임없이 배우는 자세를 유지하려 한다. 명리를 통해 많은 것들을 배웠지만 '삶이 무엇이고 나는 어떤 존재인가' 하는 내면의 질문은 아직도 남아 있다. 그러니 앞으로도 마음 탐구의 과정이 이어질 것이다.

언젠가부터 그녀의 활동은 자꾸 남을 돕거나 재능을 기부하는 방향으로 연결됐다. 국악기를 배울 때도 의도하지는 않았지만 주변에서 재능을 인정해주면서 자연스럽게 공연에 참여하게 되고, 한 달에 두세 번 무료공연을 하는 일이 생겼다. 명리를 공부하던 어느 날 문득 머릿속에 한 단어가 떠올랐다. '봉사'라는 단어. 그동안 '어떻게 살 것인가'라는 질문에 대한 답을 찾기 위해 노력해왔는데, 어쩌면 이렇게 계속 배워가면서 사심 없이 봉사하며 사는 것이 자신에게 주어진 삶이 아닐까 하는 생각이 든다. 앞으로 학교에서 가르치는 아이들에게나 학교 밖에서 만나는 사람들에게나 어떤 방식으로든 봉사를 하며 살아갈 삶이 그려진다.

잡지사에 다니던 시절, 1월호에 명리에 관한 칼럼을 넣겠다고 기획했다. 기획회의에서는 해가 바뀌는 시점이니 적절한 아이템일 뿐만 아니라, 명리는 동양의 인문학으로 주요 독자층도 관심을 가질 만한 소재라고 설득했다. 아이템이 통과되자 칼럼 의뢰를 위해 유명한 명리학자를 찾아갔다. 워낙 바쁜 분이라 겨우 연락이 닿아 약속을 잡은 것이었다. 간 김에 그분에게 내 사주명식을 보여드리고 질문해볼까 하는 생각을 했으나 그러지 못했다. 왠지 용기가 나지 않아 원고의 콘셉트만 장황하게 설명하고 돌아왔고, 곧 후회했다. 담당기자가 직접 찾아오겠다니 상담시간 정도는 빼두셨을 텐데, 좋은 기회를 바보같이 놓쳐버린 듯했다.

명리 칼럼이 실린 1월호 잡지는 무사히 세상에 나왔고 몇 개월 뒤 나는 퇴사했다. 그 뒤 한동안 계속된 여행과 독서의 나날. 가장 재미있게 읽은 것은 명리 책이었다. 기초 지식을 쌓고 몇 권의 책을 반복해 읽으며 내 명식을 계속 들여다봤다. 조금씩 알게 될수록 새로운 것들이 보였다. 지난 삶에 비추어 살펴보며 놀라는 순간이 많았다. 오래전 답답한 마음에 찾아갔던 철학관에서 짧게 이야기를 들은 것과 내가 직접 공부하며 알아가는 것은 내용이 비슷하더라도 깨달음의 차원이 달랐다. 그렇다고 해서 운명이 나를 지배한다는 운명론자가 된 건 아니다. 생년월일시는 기본적 데이터일 뿐, 내가 살아온 방식과 해온 일, 사람들과의 관계는 기본 데이터를 바탕으로 내가 직접 써온 서사니까.

팔자, 즉 여덟 글자에 목, 화, 토, 금, 수의 다섯 가지 오행이 담기는 것이니 애초에 균형이 딱 맞는 완벽한 사주 구성이란 불가능하다. 오행 한두 가지가 없거나, 다 갖추었다고 해도 조금쯤 한쪽으로 치우칠 수밖에 없다. 물론 그 안에서 조금 더 조화로운 사주는 있는 것 같지만 그런 사주도 음양오행의 기운에 따른 운의 흐름을 탄다. 초보 수준의 지식을 갖춘 정도지만 명리 공부로 얻은 것은 적지 않았다. 그중 하나는 힘든 일이 연속해 벌어지는 괴로운 시기가 와도 그것이 언제까지나 계속되는 것은 아니고 모든 것은 지나간다는 생각을 갖게 됐다는 점이다. 사주에서 10년 단위로 바뀌는 것을 대운, 그리고 매년 바뀌는 것을 세운이라 한다. 명리 공부를 한 이들은 명식을 보면서 대운과 세운이 '흐른다'라고 말하곤 하는데, 계절이 순환하듯 오행의 기운도 흘러간다는 것이다. 나는 이 '흐른다'는 표현이 참 마음에 든다. 살다 보면 고저의 리듬을 타듯, 모든 게 잘되는 시기도 있고 멈추어서 웅크린 채 보내는 시기도 있지 않던가. 그렇게 인생이 흘러가는 법이란 생각을 하게 된다.

무엇보다 내 뜻대로 되지 않는 일로 힘들 때, 명리가 조금이나마 숨통을 트이게 해줬다. 나의 이런 면들이 나를 힘들게 하고 있구나 혹은 지금은 차라리 쉬어가는 것이 좋은 시기구나 하며 이해하려 노력한다. 삶이라는 건 완벽하지 않은 한 인간이 환경 안에서 조화를 이루며 살아가는 과정이다. 그러니 일과 관계가 잘 풀린다고 해서 교만하거나 도취감에 빠져서는 안 되며 실패했다고 해서 너무 의기소침해 할 필요도 없다. 나쁜 시기에 남 탓을 하는 건 아무런 도움이 되지 않듯, 좋은 기운이 다가왔을 때 그것을 운용하는 것도 다름 아닌 내가 해야 할 일이다. 내 삶의 주인공은 그 어느 누구도 아닌 나이기 때문이다.

나만의 색을 빛내기 위해

K씨는 누가 봐도 평범하고 안정적인 길을 밟아온 사람이다. 강남 8학군에서 자랐고, 대학을 졸업한 뒤 간호사로 일했으며, 서른 즈음에 결혼해 아이를 낳았다. 겉보기에는 아무런 문제가 없는 사람, 그리고 문제가 없는 가정이었다. 그런데 언젠가부터 '난 뭐 하는 사람일까.' 하는 정체성에 대한 고민이 시작됐다. 마치 뒤늦게 사춘기가 찾아온 것만 같았다.

어쩌면 그제야 진정으로 자신을 돌아볼 시간이 생긴 것인지도 모른다. 좋은 대학에 가기 위해 열심히 공부했고, 대학을 졸업하기도 전에 종합병원에 취업해 바쁘게 살아왔으니까. 5년간 근무하던 병원을 그만둘 무렵에는 대학원에도 다니고 있었다. 간호학을 더 공부해 나중에 남편과 함께 미국에 갈 생각이었다. 그런데 남편의 유학이 잘 성사되지 않으면서 미국에 가겠다는 계획은 어느 순간 유야무야됐고 아이가 생기자 더 이상 추진하지 않았다. 아이가 돌이 되었을 무렵 답답한 마음이 차올랐다. 이제껏 자신의 삶을 앞으로 밀고 나가던 에너지가 사라진 기분이었다. 함께 석사과정을 밟았던 친구들은 대부분 박사과정을 시작했는데 자신은 어쩌다 보니 경력단절이 된 것 같았다.

정체성에 대한 고민은 아이가 18개월쯤 됐을 무렵에 절정에 다다랐다. 그래서 다시 학교로 돌아가 박사 과정을 밟겠다는 결심을 했다. 그런데 문득 목표가 없다는 것을 깨달았다. 왜 공부를 하고 왜 미국에 가려고 하는 걸까. 막연했다. 집에서 아이만 키우고 있으면 도태될 것 같아 두려우면서도 박사 과정을 밟는 것 또한 진정으로 원하는 것인지 확신이 서지 않자 고민은 다시 원점으로 돌아왔다. 그래서 지인이 운영하는 힐링센터에 아이를 안고 찾아갔다. 진로에 대한 상담, 아니면 편안한 인생상담이라도 받고 싶었다.

선생님과 한창 대화를 나누고 있는데, 아이가 실내를 아장아장 걸어다니다가 어디선가 색깔이 있는 병을 집어와 그녀 앞에 가져다 놓았다. 병속에서 뭔가 부글부글 기포가 끓어오르는 듯했다. 마치 어떤 에너지의 파장이 자신을 끌어들이는 것 같은 느낌. 노란색과 투명한 색의 두 가지 액체가 하나의 병에 담긴 모습이 매우 특별해 보였다. 그것은 힐링센터에서 막 새롭게 시작한 오라소마(Aura-Soma)라는 프로그램의 컬러보틀이었다.

오라소마는 색의 의미를 탐구하고 117개의 컬러보틀을 통해 자신에 대해 이해해나가는 컬러테라피의 일종. 영국에서 1983년 비키 월에 의해 만들어졌다. 오라(Aura)는 빛, 소마(Soma)는 몸 또는 존재를 뜻하는 것으로, 이 컬러테라피에서는 '당신이 선택한 컬러는 당신 자신'이라고 말한다. 수많은 컬러 중 더 뛰어나고 더 가치 있는 컬러는 없다. 사람들은 의식적으로 특정 컬러를 집는 것이 아니라 자연스럽게 이끌려 선택하고, 그 컬러를 통해 자신의 마음을 이해하고 알게 되는 과정을 거친다.

컬러보틀은 상담 도구이면서 동시에 몸에 바를 수 있는 힐링 도구이기도 하다. 허브 등 자연에서 추출한 색소가 주요 성분이다. 우연히 아이가 집어온 컬러보틀 덕분에 그곳에서 바로 다음 날부터 오라소마의 첫 번째 강좌가 열린다는 정보를 듣게 됐다. 그녀는 당장 아이를 봐줄 사람을 구하기 위해 전화를 돌렸다.

그렇게 참석한 첫 수업에서 레벨1 과정이 시작됐다. 자신이 어떤 사람이고 무엇을 해야 하는지 알고 싶다는 갈급한 마음에서 빠져든 공부였다. 공부를 하면서 아이가 집었던 병이 '광휘의 비전'이란 의미가 담긴 것이란 사실을 알게 되었다. 그동안 보지 못했던 내면의 빛에 대해 눈을 뜬다는 뜻. 오라소마를 처음 접하게 만들어준 컬러보틀에 그런 뜻이 담겨 있다는 사실이 무척 의미심장했다.

그녀가 처음 선택한 컬러는 터콰이즈였다. 수영장 색깔 같다고 말하는 이들도 있었지만 그녀의 눈에는 마치 외계인의 피처럼 신비롭고 독특한 컬러라는 생각이 들었다. 왠지 모르게 끌렸고, 직접 사용해봐야겠다는 생각도 들었다. 창조성을 뜻하는 터콰이즈 컬러는 새로운 것에 유연하게 열려 있다는 의미가 있다. 나는 누구인가, 무엇을 하고 살아야 할까에 대한 실마리가 되는 컬러를 고른 셈이다.

그녀가 레벨1 과정을 밟는 동안 깨달은 건 자신이 그동안 지나치게 모범생이었다는 사실. 시키는 대로만 했으며 자신이 정말 좋아하고 하고 싶은 것에 대한 이야기는 제대로 꺼내본 적이 없었다. 그저 성실하게만 살아온 삶이었다. 그런데 터콰이즈 컬러를 만나면서 억눌렸던 내면의 목소리에 귀를 기울이고 점차 그것을 꺼내게 됐다.

오라소마 공부를 하면서 조금씩 자유로워지고 심적 방황

이 줄어드는 느낌이었다. 어쩌면 갈구하던 것이 박사 학위 같은 것이 아니라 '참된 나'를 찾는 게 아니었을까. 사람마다 삶의 역할이 다르다는 생각이 들기 시작했고, 무엇을 해야 자신만의 컬러를 발현할 수 있을까 고민하는 시간을 가졌다. 그러다 보니 큰 변화가 생겼다. 그녀의 인생에서 가장 어려운 관계였던 엄마와의 관계를 돌아보고, 제대로 목소리를 낼 수 있게 된 것이다. 청소년기에도 하지 않던 반항을 30대 초반에 시작한 셈이었다.

결혼 전 교사였던 그녀의 어머니는 결혼 후 직장을 그만두고 아이를 키우며 주부로 살았다. 가정을 꾸림과 동시에 남편과 자식들에게 헌신하는 것을 당연하게 받아들였다. 문제는 그것을 자식의 삶에도 적용하려 한다는 것이었다. 자신이 설정한 이상적인 가정의 프레임을 딸의 가정에도 적용하고 싶어 했다. 딸이 바깥에 나가 뭔가를 배우는 일조차 싫어했다. 가정을 돌보는 데 에너지를 쏟지 않고 다른 것을 한다며 탐탁지 않아 했다.

사회에서 도태되지 않고 가치 있게 쓰이고 싶다는 그녀의 생각은 애초에 엄마의 사고방식과 부딪칠 수밖에 없었다. 사회활동을 활발히 한 엄마의 친구들은 이혼을 하거나 자녀 교육에 소홀해 아이들이 잘되지 않았다고 한다. 그에 비해 엄마는 가정을 성공적으로 관리하고 자식들도 잘됐다고 생각했는데, 순종적이던 딸이 어느 순간부터 달라졌다고 느끼자 갑자기 뭔가가 어긋난 기분이었을 터. 당연히 바로잡으려는 노력이 시작됐다. 매일매일 전화가 걸려오고 사위에게도 전화해 "걔 좀 집에 잘 있게 하라"고 말하는 식.

외부 활동에 대한 끊임없는 잔소리보다 더 힘들었던 것은 그녀의 가정에 대해서도 지나친 간섭을 한다는 점이었다. 남편이 이직을 하려고 할 때는 "왜 한우물을 파지 않느냐"는 말, 미국에 가려는 계획을 세웠을 때는 외국에서 고생한 한국인들의 이야기와 훗날 돌아왔을 때 한국의 집값이 얼마나 뛸지에 대한 예측까지 들어야 했다. 분가한 자식마저 여전히 자신의 영역 안에 두려는 것 같았다. 가족을 위해 헌신한 만큼 그에 대한 보람을 느끼고 싶어 하고 자식을 통해 만족감을 느끼고 싶어 하는 엄마의 마음을 어디까지 충족시켜줘야 할까. 엄마의 그런 태도가 삶을 옥죄고 있다는 생각을 떨칠 수 없었다.

공허함에서 시작된 오라소마 공부는 그동안 강한 엄마에게 눌려 자신이 진짜 원하는 것이 뭔지도 몰랐던 그녀를 조금씩 변화시켰다. 일상의 충만함을 느끼고 왜 여기서 존재하는지 생각하는, 하루하루가 감사하고 의미 있는 나날이었다. 점점 해방감을 느끼기 시작했다.

그녀는 오라소마 코스를 밟으면서 내면을 들여다보는 작업을 계속했다. 자신이 관계에서 상대에게 맞추는 것에 익숙하고, 상대가 인정해주지 않을 때는 화를 내는 식으로 반응했다는 것을 알게 됐다. 그런 식의 소통은 문제를 해결하지 못한다. 하지만 오랜 시간 억눌려 왔다는 억울함이 있으니 소통 방식을 바꾸는 일은 쉽지 않았다.

컬러에 반영된 자신의 모습을 보고 왜 그걸 선택했는지 생각하며 스스로를 돌아보기도 했다. 특히 엄마에 대한 극심한 스트레스를 받은 시기에 선택한 컬러보틀은 파란색과 오렌지색이 극명하게 대립한 것이었다. 레온카발로의 오페라 『팔리아치(Pagliacci)』에서 이름을 따온 컬러보틀. 감정을 숨길 수밖에 없었던 이의 슬픔을 상징하는 것으로 파란색은 신뢰와 소통, 오렌지색은 관계로 인한 감정적 변화를 의미한다.

무의식에 의해 선택한 컬러보틀은 그녀가 홀로 참으며 엄마와 평화롭게 소통하지 못했던 지난 시간을 돌아보게 했다.

오라소마를 공부하며 다시 미국에 갈 계획을 세웠다. 그런데 갑작스레 아이가 다쳐서 한달간 입원하며 계획에 다시 제동이 걸렸다. 미국행이 번번이 무산되자 진지하게 그 이유를 생각해봤다. 그저 한국에서의 일상으로부터, 엄마의 지나친 간섭과 잔소리로부터 도망치고 싶었던 게 아닐까. 목적 없이 현실을 피하려는 의지만으로는 성사되기 힘든 일이었던 것이다. 그 사실을 인정하자 현재의 삶 안에서 자유를 찾는다면 굳이 떠날 이유가 없다는 결론이 내려졌다. 그래서 가지 않기로 했다. 이후 그녀는 엄마와의 관계를 바꾸기 위해 더 노력했다.

반복되는 싸움을 끝내고 싶었다. 서로 자신의 가치관을 인정받기 원하지만 그러지 못하는 상황을 멈추고 싶었다. 이를 위해 우선 그녀가 먼저 엄마의 삶을 인정하기로 했다. 그러면서도 행복하기 위해서는 엄마가 원하는 삶을 살 수 없다고 솔직하게 이야기했다. 순종하던 어린 시절과 20대, 부딪치고 싸우던 30대 초반을 지나 드디어 화를 내지 않고 말할 수 있게 된 것이다. 오라소마를 계속하면서 서서히 그런 대화를 해나갔다.

한번은 엄마에게도 컬러보틀을 고르도록 권했다. 엄마는 꽃분홍 컬러인 마젠타를 선택했다. 삶의 작은 것들까지 챙기고 돌보는 데 많은 에너지를 쓰는 면모가 컬러로도 드러났다. 가족에게 집착하는 엄마의 모습을 컬러를 통해서 이해할 수 있었다.

그녀는 자신이 변화했다 해도 앞으로 엄마의 변화는 더 시간이 필요하리라 생각한다. 그것을 납득하고 내려놓으니 더 담담하게 엄마의 반응을 받아들일 수 있게 됐고 부딪치는 일도 훨씬 줄어들었다. '현재 내가 경험하는 현실은 결국 내 마음 안에서 일어난다'는 것이 오라소마를 통해 얻은 깨달음이다. 내면을 평화롭게 할수록 삶에서 경험하는 것이 바뀌고, 원치 않은 일이 일어날 때도 붙잡고 있지 않고 흘려보낼 수 있는 여유가 생긴다. 정체성을 찾기 위해 시작한 오라소마 공부가 그녀를 단단하게 해주고 원하는 삶으로 살아갈 수 있도록 안내해준 듯했다.

2년간 레벨3까지 공부한 뒤 마지막으로 레벨1을 강의할 수 있는 영국 공인 '티처'가 되는 과정을 밟기로 했다. 오라소마의 본거지인 영국 링컨셔로 향했다. 전 세계에서 오라소마를 공부하는 이들이 모여드는 곳이었다. 교육을 받다 보니 사람은 모두 존재 자체로 빛이라는 생각이 자연스레 들었다. 많은 이들이 그걸 모른 채 스스로를 가둬두고 있는 게 아닐까. 그녀가 그랬던 것처럼 말이다.

한국에 돌아와 상담 일을 시작했다. 티처로서 개인상담을 하고 보건소에서 컬러테라피를 통한 치유 프로그램도 이끌었다. 그러면서 많은 또래 여성들과 대화를 나눠보니 대부분의 관심사가 가족이었다. 공허하다고 토로하면서도 자신의 이야기는 꺼내지 못하고 남편의 일과 아이 교육에 관한 이야기만 계속하는 이들. 남편과 자녀의 성취를 곧 자신의 정체성으로 여기고 그것에 집착하는 모습을 자주 봤다. 그들은 자신이 진정으로 원하는 것은 모르고 있었다. 만약 오라소마를 만나지 못했다면 그녀도 크게 다르지 않았으리라. 다른 사람의 삶을 원하는 방식으로 만들어 보람을 얻는 것은 서로가 불행해지는 일일 뿐이다. 그래서 그녀는 가족의 행복도 중요하지만 가장 중요한 건 자신의 행복이라는 것을 강조했다. 좋아하는 색에 대한 질문을 포함해 무엇을 하고 싶고, 무엇을 좋아하는지 찾아보라는 설문지를 돌리면 참가자들은 정말 오랜만에 만나는 질문이라며 신선하게 받아들였다.

서른이 넘어 아이를 키우다가 불쑥 찾아온 고민, '난 뭐하는 사람일까?'라는 그녀의 질문은 오라소마의 중요한 화두이기도 하다. 어떤 삶도, 어떠한 모습도 다 의미가 있다는 것을 이제는 알게 됐다. 성취를 좇던 그녀의 자세도 바뀌었다. 외부 조건을 내려놓는 대신 내면을 환히 밝힐 수 있도록 노력하고 있다. 번듯한 집 한 채가 있고, 아이를 잘 키우고, 좋은 직장과 커리어를 가진 사람으로 인정받으려 하는 대신, 새롭게 선택한 일을 하며 가슴 뛰는 충만함과 만족감을 채워가고 있다.

요즘 그녀의 관심사는 상담의 문턱을 낮추는 것. 인생에서 큰 어려움과 직면한 사람만이 아니라, 자신이 어떤 사람인지 알고 싶어 하는 이들에게 스스로를 돌아보는 계기를 만들어주고 싶다. 컬러를 통해 사람들이 어렵지 않고 재미있게 자신을 찾아가는 여정을 거치도록 돕는 것이 그녀가 잘할 수 있는 일이라 생각한다. 자신이 고유한 색깔을 간직한 사람이라는 사실을 아는 것만으로도 새로운 가능성이 펼쳐질 수 있다는 것을 직접 경험했기 때문이다.

웹사이트에서 비밀번호를 잊었을 경우를 대비해 등장하는 질문 중 이런 게 있다. '당신이 좋아하는 색깔은?' 쉬운 질문이지만 나는 대체로 피해왔다. 일관된 답을 쓰지 못하니 비밀번호를 찾는 데는 별 도움이 되지 않을 것이기 때문. 누군가로부터 그런 질문을 받으면 학생 시절에는 보라색이나 갈색, 노란색을 좋아한다고 했던 것 같다. 또 어느 순간부터는 파란색을 좋아한다고 답했고 한때는 검정과 하양에 끌린 시기도 있었다. 최근 명리 공부를 시작한 뒤로는 사주적으로 내게 좋은 색이 화(火)와 목(木)의 기운을 의미하는 빨강과 파랑이라는 걸 알고는 그냥 그런 색들을 좋아하기로 마음먹었다.

난생처음 오라소마 컬러보틀 앞에 서서 네 가지 컬러보틀을 고르라는 상담사의 말을 들었을 때, 컬러에 대한 기존의 취향은 무의미했다. 빨강과 파랑에는 손이 가지 않았다. 혹시 결정장애가 발동해 한참을 아무것도 고르지 못하진 않을까 싶었지만 그것도 아니었다. 실제로 가장 마음이 끌리고 손이 가는 컬러가 분명히 있었다. 컬러보틀 네 개를 선택해 나란히 놓고 보니 거의 다 비슷한 톤. 두 가지 원색이 강렬한 대비를 이룬 컬러보틀은 선택하지 않았다. 매력적이지만 왠지 부담스러웠다. 내가 골라놓은 컬러보틀은 주로 옅은 분홍과 옅은 보라, 옅은 파랑 등 그리 선명하지 않은 색이었다.

네 개의 컬러보틀 중 처음 선택한 것이 삶에서 펼치고 있는 가장 핵심적인 에너지를 의미한다고 한다. 내가 고른 첫 번째 컬러보틀은 페일핑크와 페일블루로 구성된 '팔라스 아테나와 아이올로스(Pallas Athena & Aeolus)'였다. 그리스 신화에서 따온 신의 이름이 붙은 이 컬러보틀은 자신의 영감을 예술적인 방식으로 풀어내 사람들과 나누는 것을 뜻한다고 했다. 달리 표현하면 '삶을 풍요롭게' 정도가 적당할까? 풍요롭게, 그러나 홀로가 아니라 함께. 어쨌든 그런 활동을 통해 나에게도 변화가 일어난다는 설명이었다.

특히 기억에 남는 것은 마지막 네 번째 보틀에 대한 이야기. 위는 핑크, 아래는 터콰이즈로 된 그 컬러보틀의 이름은 '비너스의 탄생'이었다. 터콰이즈는 창조성뿐 아니라 목소리와 커뮤니케이션을 뜻한다고도 했다. 앞으로 자신의 정체성을 인식하고 자신의 이야기를 할 수 있으리라는, 소통과 표현의 확장성에 대한 해석을 들었다. "이제 자신의 이야기도 꺼낼 수 있으실 것 같아요." 뜻밖의 해석이었다. 지금까지 나에 대한 이야기가 아니라 주로 취재 기사와 인터뷰 기사를 써왔으니까. 내가 선택한 컬러보틀들이 나라는 한 개인에 관한 근원적인 이야기를 해주는 것 같았다.

다른 무엇이 되려고 노력하지 않아도 이미 특별하다는 사실, 왜 이 사실을 그토록 잘 잊을까. 왜 자꾸 잊어서 자신을 좋아하지 못하는 걸까. 언젠가 내가 나를 미워하고 자책하는 불면의 밤이 다시 찾아온다면, 그때는 괴로워하는 대신 내가 선택했던 아름다운 컬러들을 떠올리고 싶다. 화려하거나 눈에 띄지 않아도 천천히 나만의 컬러를 발하며 살아가면 된다는, 그 소중한 깨달음을 되새기면서 말이다.

영혼의 소리에 귀 기울이다

광고회사에 다니던 L씨가 처음 타로 상담을 받은 것은 한 여성단체의 모임을 통해서였다. 그녀는 페미니즘 강좌에 나가고 있었다. 강좌의 모든 과정이 끝난 뒤 함께 공부했던 멤버들이 페미니즘 자조 모임을 이어갔고, 그 모임에서 처음으로 타로상담을 접했다.

오랜 시간이 지난 뒤에도 유일하게 기억하는 질문은 언니의 건강에 관한 것이다. 언니는 일상적인 생활을 하지 못할 정도로 많이 아팠다. 심리적 요인 때문인지 병원에서도 뚜렷한 원인을 찾지 못했다. "언니의 건강은 앞으로 괜찮아질까요?" 이 질문을 한 뒤 뽑은 카드에는 아홉 개의 검이 그려져 있었다. 전혀 희망이 보이지 않는 암울한 카드를 보는 순간 가슴이 철렁했다. 타로리더는 그녀의 힘든 마음에 공감해주기보다는 카드의 의미를 있는 그대로 설명해주고 상담을 끝냈다. 굉장히 씁쓸한 기분으로 집에 돌아왔고, 타로를 본 첫 번째 경험은 아픈 기억으로 남았다.

그럼에도 그 타로카드가 여신 타로라는 사실에는 이상하게도 끌렸다. 페미니즘 모임답게 당시 타로리더는 수천 가지 종류의 타로카드 중에서도 그리스로마 신화의 여신이 모티브인 카드를 사용하고 있었다. 그림이 그리 매력적이지는 않았지만 본래 관심이 있던 여신 신화에 더욱 관심을 가지는 계기가 됐다. 이후 그녀는 여신 타로를 조금씩 배우기 시작했다.

다시 한 번 언니의 건강에 대한 질문을 한 건 약 3년 뒤 인도에서였다. 그때도 마음이 힘들었다. 마치 숙제 같은 가족의 문제가 있었고, 회사 일에도 열정이 고갈된 시기. 휴가를 내고 인도의 명상센터를 찾아갔다. 그리고 현지에서 타로 리딩을 하는 브라질 여성이 있다는 정보를 접했다. 알코올 중독자였던 남편 때문에 고생하다 명상에 입문한 뒤 인도에 오랜 시간 거주하며 명상과 타로를 해온 사람이라고 했다. 한 번 타로상담을 받아보고 싶었다. 찾아간 곳은 어느 한적한 주택가에 자리한 집. 장미가 핀 정원에서 테이블을 사이에 두고 브라질 여성과 마주 앉았다.

먼저 타로로 자신의 전체적인 인생 주기를 봤다. '용기'라는 키워드의 카드가 나왔다. 타로 리더는 그녀의 상황을 두고 돌 속에서 꽃이 피어나고 있다고 해석했다. 그리고 앞으로 이 상황을 잘 극복해 세상과의 연결성을 찾아갈 것이라

말해줬다. 다음으로 언니의 건강에 대한 질문을 던진 뒤 카드를 골랐다. 근심에 겨워 울고 있는 한 나이 든 남자의 모습. 순간 울음이 터져 나왔다. 3년의 시간이 지났는데 언니는 앞으로도 계속 힘들 거라니, 내면의 무언가가 건드려진 듯 주체할 수 없는 눈물이 흘렀다. 타로 리더는 우는 그녀를 한참 동안 가만히 바라보다가 조용히 위로의 말을 건넸다.

카드의 종류가 다를 뿐, 그것이 예전에 뽑았던 아홉 개의 검 카드와 같은 카드란 사실을 나중에 알게 됐다. 언니에 대한 카드를 본 경험은 두 번 모두 힘들었다. 그런데 첫 번째는 냉정한 느낌을 받았다면 두 번째는 치유적인 느낌이 강했다. 타로가 마음을 치유해주는 면이 있다는 것을 경험했으니 그때까지 취미 정도로 배우던 것에서 더 나아가 제대로 배워보기로 했다.

직장생활을 하면서 틈틈이 시간을 내 타로에 관한 지식을 쌓아갔다. 타로를 하나의 점술로 다루는 게 아니라, 심리상담적 관점을 가지고 명상, 영성과 함께 다루는 스승을 찾아가 본격적인 공부를 했다. 그녀는 매일 카드를 뽑고 하루를 보내면서 그 카드의 의미를 다시 생각해보곤 했다. 타로의 기원에 대해서는 여러 가지 설이 있다. 이집트 문자, 히브리어, 라틴어 등에서 타로라는 단어의 유래를 추적하면 '내가 삶의 주인이 되는 길'이란 의미를 찾아볼 수 있다. 온전하게 삶의 주인으로 살기 위한 존재론적 질문에 답을 찾아가는 것이 타로라는 것. 그녀는 스스로 '나는 누구인가.' 하는 존재론적 질문을 던지면서 자기성찰을 계속했다.

본격적인 타로 공부를 시작한 뒤 마더피스(Motherpeace) 타로를 알게 됐다. 가부장제의 질서 아래에서 만들어진 기존의 타로카드들은 여성의 몸을 순결화하고 이분법화한 측면이 있다. 전 세계 페미니즘 타로카드 중 베스트셀러로 꼽히는 마더피스 타로는 1980년대 초, 기존 타로카드의 가부장성을 비판하며 만들어졌다. 고대에 존재했던 여신 신화에 대한 역사적 문헌이 모티브가 되었다. 가장 먼저 접했던 여신 타로도 가부장성을 비판한 것이지만 그 모티브인 그리스로마 신화는 이미 제우스의 가부장성을 담고 있다는 걸 부인할 수 없다. 마더피스 타로는 그것을 넘어선 카드였다. 그녀는 이 카드가 모계 사회를 배경으로 하며, 모성의 평화라는 메시지를 담고 있다는 점이 마음에 들었다.

이 카드에 끌린 배경에는 어머니의 영향이 있었다. 그녀는 딸이 다섯에 막내가 아들인 6남매 중 셋째 딸로 자랐다. 아들을 낳기 위해 계속 딸을 낳은 집이다. 엄마는 자식들을 희생적으로 키웠지만 종종 불안정한 날것의 감정을 거침없이 쏟아내곤 했다. 그녀는 오랫동안 엄마에 대한 양가적 감정이 있었다. 남아선호사상 아래서 살아온 데 대해 불쌍하다는 마음도 있었지만 그녀 자신이 다치지 않기 위해서는 엄마의 감정으로부터 거리를 둘 수밖에 없었다. 그리고 자연히 생겨난 물음은 아들이 왜 이렇게 중요한가 하는 것.

애초에 페미니즘 강좌를 들은 것도 혼자서는 도저히 이해할 수 없는 엄마의 삶을 사회적 맥락에서 이해하고 싶은 마음에서였다. 엄마는 왜 꼭 아들을 낳아야만 자신의 존재를 증명할 수 있었던 건가, 아빠는 왜 늘 뒤로 물러나 침묵으로 일관했나. 그녀가 자신의 무의식에 자리한 가부장성에서 벗어나기 위한 영혼의 끌림으로 선택한 것이 바로 마더피스 타로였다. 마더피스 타로를 사용하면서 자신 또한 아빠의 시선으로 엄마를 무시해왔던 건 아닌가 돌아보았다. 그녀가 여성주의적 시각에서 내린 결론은, 가부장제에서 여성은 온전한 자신의 삶을 살기 어렵다는 것이었다. 언니와 동생들은 결혼하고 아이들을 낳았지만 그녀는 비혼과 비출산을 선택했다.

타로를 공부하면서 자연스럽게 심리학의 꿈 분석도 시작했다. 무의식의 영역을 다루는 타로와 마찬가지로 꿈 또한 무의식의 근원에 있는 진실을 보여준다. 꿈은 이성의 언어로 보면 황당하고 말이 안 되지만 무의식에서는 지극히 정상이다. 보여주고 싶은 나와, 진짜 나라고 믿고 있는 나의 이면에 갇혀 있는 무의식이 꿈을 통해서 적나라하게 드러나는 것을 경험하며 놀라는 일이 많았다. 타로와 꿈, 그녀에겐 두 가지 모두가 무의식의 근원에 있는 것들을 있는 그대로 만나게 해주는 도구였다.

타로와 꿈 분석을 깊이 공부할 무렵에도 언니는 계속 아팠다. 언니를 데리고 치유센터를 찾아다니다 보니, 직접 상담심리를 공부해야겠다는 생각이 들었다. 대학 시절의 전공인 심리학으로 돌아가는 것이기도 했다. 회사를 그만두고 상담대학원에 들어갔다. 그리고 대학원에 다니며 스승의 제안으로 타로 기초과정을 교육하기 시작했다. 그녀의 수업에 참석한 이들은 자신의 상처를 드러내고 힐링과 성장을 경험하는 과정을 함께했다. 점차 타로 교육에도 그녀만의 색깔이 자리잡았다. 모성에 대한 관심이 마더피스 타로로 이어진 것처럼 역시 그녀의 주요한 화두는 여성성이었다. 석사 논문은 '여성들의 꿈에 나타나는 여성성'을 주제로 썼다.

여성들의 상처 치유에 관심이 많은 만큼 상담을 할 때도 그녀는 주로 여성 내담자들과 인연이 닿았다. 전국을 다니며 집단상담과 교육을 하면서 성폭력과 가정폭력으로 피해를 경험한 이들을 자주 만났다. 착한 딸이자 아내, 며느리로 살아오며 자기 주도성을 잃어버린 여성들, 반대로 사회적 성공을 위해 달려가며 내면의 여성성을 잃어버린 여성들도 만났다. 타로와 꿈을 통해 그들의 무의식을 들여다보면 그 누구도 가부장제에서 강요하는 여자다움으로부터 자유롭지 않았다. 그런 이들을 상담하며 그녀는 자신 안에 존재하는 가부장성도 확인했다. 어머니의 시대와 비교해봤을 때 현재 한국 여성의 삶은, 특히 무의식은 그리 많이 달라지지 않았다. 그들이 한결같이 말하는 것은 '진짜 나로 살고 싶다'는 것. 그녀는 그런 이들에게 답을 주기보다는 직접 답을 찾도록 이끌었고, 억압된 면을 스스로 치유하고 성장하도록 돕는 데 주력했다.

상담을 하면서 그녀는 인도에서 만났던 브라질 여성을 가끔 떠올린다. 많은 이야기를 하지 않았음에도 그 앞에서 울음을 터뜨리고 힐링이 되는 기분을 느낀 것은 그 여성이 그만큼 깊게 수련하고 '자신이 누구인지' 알고 있었기 때문일 것이다. 그녀는 혼자 타로를 볼 때나 누군가를 상담해줄 때 어떠한 상념이나 판단도 섞이지 않은 순수한 의식 상태로 자신을 정화하기 위해 노력한다. 그런 상태에서 펼친 타로는 영혼의 깊은 곳을 건드린다.

사람들은 타로를 볼 때 당연히 희망적인 결과를 기대한다. 어떤 일이 '잘될 것인가.' '좋을 것인가'라고 묻는다. 하지만 아픔을 견디고 지금까지 온 길을 돌아보면 시련이 한편으론 은총이기도 했다. 어떤 것이든 겸허하게 수용하고 경험을 통해 배우겠다는 자세로 사는 일은 참 어렵지만, 그럼에도 그런 삶의 태도를 가지는 것이 중요하다고 되새긴다.

타로를 공부한 뒤 숙제 같았던 가족의 굴레에서 자유로워졌다. 이제 엄마에 대해서는 무한한 감사가 있다. 그분으로서는 자식들에게 많은 것을 줬고 최선을 다했다. 이해한다거나 이해하지 못한다고 말하는 차원을 넘어서, 한 사람의 여성으로서 엄마의 삶을 존중하고 바라볼 수 있게 됐다. 참 오랜 세월이 걸렸다. 언니를 바라보는 자신의 관점도 크게 바뀌었다. 언니가 문제가 있고 나아야 한다는 생각을 가졌기 때문에 많은 노력을 해왔지만, 이제는 언니의 상태를 인정하고 예전처럼 많이 연연해하거나 힘들어하지 않는다. 언니는 여전히 아프지만 다행히 이제는 사회활동을 하고 자기계발도 하며 살아간다.

그녀는 석사과정을 마친 뒤 현재 박사과정을 수료했다. 박사논문도 꿈에 대해 쓰려고 준비 중이다. 구체적으로 생각하는 주제는 '손 없는 처녀'다. 그동안 꿈 분석을 하면서 손이 잘린 여성이 꿈에 등장하는 경우를 많이 봐왔다. 남편이 손을 자르려고 하는 상황에서 도망가는 꿈이나, 남자가 모든 일을 해줘서 손이 없는 것이나 마찬가지인 꿈. 그런데 알고 보니 전 세계에 손이 없는 여자에 관한 민담이 존재했다. 한국, 일본, 미국, 루마니아 등에서 조금씩 다른 버전으로 그런 이야기가 전해져 내려왔고 그림형제의 동화에도 등장했다. 어느 민담에서는 처녀가 아버지에 의해 손이 잘리는데 한 남자가 처녀에게 은손을 만들어준다. 자신의 손이 아니라 누군가가 만들어준 손에 의존하며 사는 것이다. 그런가 하면 손이 새로 자라나는 이야기도 있다. 국가마다 조금씩 다르지만 물에 빠진 아기를 건지기 위해 손이 자라거나, 열심히 기도해서 손이 자라기도 한다.

많은 여성들의 꿈에 등장한 손 없는 처녀의 모티브는 다양한 의미를 담고 있다. 자신의 욕구를 위해 손을 쓰지 못하는 것은 결국 가부장제에서 벗어나지 못한 한국 여성의 삶이기도 하다. 여성이 온전하게 양손을 쓰기 위해서 필요한 것은 무엇일까. 그녀는 그것이 가부장제의 언어가 아닌, 잃어버린 여성의 언어를 되찾는 것이라 생각한다. 궁극적으로 추구하는 것은 '여성주의 여성영성'이다. 박사논문에서는 어떻게 여성의 손이 주체적으로 자라나고 어떻게 여성의 삶이 의존에서 독립으로 향하는지에 초점을 맞춰보기로 했다.

인생에서 수많은 사건과 감정이 예고 없이 밀려오더라도, 영혼의 등불을 밝히고 갈 수 있다면 괜찮지 않을까. 요즘 상담을 하며 특히 중시하는 것은 자신의 깊은 내면, 영혼의 목소리에 귀 기울이는 연습이다. 그 목소리가 이끄는 대로 간다면 자연스럽게 몸과 마음, 영혼이 일치되어 생명력 있는 모습으로 자기답게 살게 된다. 결국 타로와 꿈은 '나는 누구인가'라는 근원적 물음에 대한 해답으로 우리를 인도하는 나침반이란 사실. 앞으로도 그 나침반이 향하는 대로 영혼의 목소리를 따라 잘 나아가고 싶고, 또 잘 안내하고 싶다.

가끔 타로를 볼 때마다 궁금한 것 한 가지. 질문은 '어떻게 될 것인가'인데, 타로카드를 뽑는 것은 다름아닌 내 손이다. 결국 내가 뽑은 타로를 해석해 내 질문에 대한 답이 나온다. 그렇다면 내 무의식은 이미 답을 알고 있다는 것인가. 아니면 앞으로의 일들이 내 무의식이 원하는 대로 전개된다는 것인가.

이 부분에 대해서는 많은 설이 있다고 하는데, 우리의 삶을 둘러싼 어떠한 기운이 동시성으로 드러난다는 견해도 있다. 동시성(Synchronicity)은 칼 융의 이론. 아무런 연관이 없을 것 같은 일이 동시에 벌어질 때 그것을 단순한 우연으로 넘기지 않고 의미 있는 일치로 보는 것이다.

논리적으로 인과관계를 설명할 수는 없지만, 생각해보면 그런 경험이 많다. 소소하게는 읽고 있던 책 속에 등장하는 음악이 때마침 틀어놓은 라디오에서 흐르기 시작한다든지,

돈이 필요할 때 친구에게 빌려준 채 잊고 있던 딱 그만큼의 돈이 돌아온다든지. 알아차리지 못한다면 그냥 우연한 사건이고, 알아챘다면 감사하고 유의미한 일이 된다. 신기하게도 동시에 발생하는 이런 일들은 인지하기 시작하면 더 자주 찾아오는 듯하다. 이런 동시성을 통해 내가 어딘가 다른 차원과 연결되어 있다는 느낌을 받는다. 그렇다면 내 손이 선택한 카드는 삶에서 연결되어 있는 기운이 동시성으로 작용해 드러난 것이라 볼 수 있다.

내면의 안내자가 답을 준다는 견해도 있다. 그렇다면 무의식에서는 이미 답을 알고 있고, 카드를 뽑는다는 것은 그 답을 확인하는 일이 된다. 얼마 전 연애운에 대한 타로를 본 적이 있다. "앞으로 외롭게 살게 될까요, 새로운 사람과 만나게 될까요?" 이별 후 찾아온 상실감을 홀로 견디던 시기답게 절박하고도 한심한 질문이었다. 새로운 사랑이 찾아올 거라는 답을 듣고 싶은 기대감이 담겨 있었다. 내가 뽑은 열 장의 카드를 보며 리더는 내게 여러 가지 이야기를 해줬다. 그중 가장 마음에 닿았던 건 이 말이다. "깊은 무의식에서는 연애할 마음이 없네요." 내 무의식과는 다른 생각과 기대를 가지고 질문했다니. 알고 질문한 것은 아니었다. 하지만 그 말을 들었을 때 이상하게도 부인할 수가 없었다. 말문이 막혀버렸고, 더 이상의 질문이 필요 없어졌다.

어떻게 타로가 그렇게 놀랄 만한 답을 내놓는지 여전히 나는 알 수 없다. 다만 자신의 내면을 바로 보는 것이 우선이란 생각을 하게 된다. 그러지 못한 채로 외부에 계속 질문을 던진다면 그 질문은 답을 찾지 못한 채 허망하게 돌아오게 마련이니까. 물론 내면의 자신과 만나는 일이 누구에게나 수월하진 않을 것이다. 특히 자신을 믿지 못해 늘 흔들리는 사람에겐 더욱 어려운 일이다. 무의식에서는 다른 누구보다도 정확한 답을 알고 있을 자신에 대한 신뢰. 불안한 마음으로 질문을 던지기에 앞서 해야 할 일은 자신을 제대로 알고 믿어보는 것이 아닐까.

삶에 향기가 더해질 때

H씨는 향기를 통해 사람들의 마음을 다독여주는 작업을 하는 향기 작가다. '향기 작가'라는 단어는 상표권을 등록해 사용하는 그녀만의 타이틀. 공간의 향기를 컨설팅해주는 작업을 하면서 몇 년 전부터는 개인적인 작품 활동도 함께하고 있다. 최근엔 전시도 몇 차례 개최했다. 다른 이들이 하지 않았던 작업을 해나가며 작가로 자리잡은 그녀는 향기를 만나기까지 몇 가지 마음공부의 단계를 거쳤다. 그 출발은 30대 초반, 한창 직장생활을 하던 무렵이었다.

IT 업계에서 다양한 경력을 쌓던 그녀는 정보대학원에서 석사 과정을 밟으며 일과 학업을 병행할 만큼 열정적으로 사회생활을 했다. 그런데 팀장이 되고 관리자로서의 역할이 주어지자 점차 관계의 어려움을 느끼기 시작했다. 이전까지는 동료들과 좋은 관계로 잘 지냈지만 팀장이 되니 상황이 달라진 것. 빨리 인정받고 싶은 마음에 성과를 내기 위해 일에 몰두했고, 그 과정에서 팀원들과의 소통이 제대로 이루어지지 않았다. 과한 업무를 해내는 것도 힘겨웠지만 팀워크가 좋지 않으니 일의 효율도 떨어졌다. 정확히 어디서부터 잘못된 걸까. 불편한 관계 속에서 한동안 외로운 시간을 보냈다. 어느새 자신감은 바닥까지 떨어졌고 건강도 나빠졌다.

힘든 시간을 겪으며 대학원 휴학을 고민하던 중, 마침 긍정심리학 수업이 개설된 것을 알게 됐다. 과목 소개에 적힌 '행복'이란 단어에 이끌려 수강신청을 하고 수업을 들었다. 수업의 주된 과제는 매일 감사일기를 쓰는 것. 생활 속에서 실천한 긍정적 사고와 태도에 관한 리포트를 제출하거나, 열 명에게 감사편지를 쓰는 과제가 시험을 대신했다. 매일 감사한 일들을 찾아 일기를 쓰는 것이 쉽지는 않았지만 그녀는 빠짐없이 과제를 했다. 처음엔 한 가지도 찾기 어려웠던 감사한 순간과 대상이 점차 늘어났고, 그 과정에서 힘들었던 마음이 조금씩 괜찮아지는 걸 느꼈다.

수업시간에는 주제에 따라 토론을 하고 자신의 일상과 행복에 대해 이야기하는 시간이 주어졌다. 그녀는 용기를 내어 손을 들고 앞에 나가 자신이 회사에서 겪고 있는 문제에 대해 이야기하며 눈물을 흘렸다. 사람들이 자신의 이야기에 공감해주고 교수님은 냉철한 조언을 해주니 머릿속이 정리되는 듯했다. 덕분에 다음 날 다시 회사에 나갈 수 있는 힘을 얻곤 했다. 학기가 끝날 무렵, 그녀는 직장에서 자신을 가장 힘들게 했던 이에게 감사편지를 쓸 수 있을 정도로 마음이 치유된 상태였다.

긍정심리로 시작된 그녀의 마음공부는 회사를 다니며 계속 이어졌다. 파워체인지, 감정코칭, 라이프코칭 등 코칭 공부에 이어 국제인증코치과정을 공부했고, 긍정심리학에서 강점을 위주로 다루는 강점전문가 과정을 3년에 걸쳐 이수했다. 직장생활을 마무리한 것은 국제인증코치과정을 밟던 중 만난 남편과 결혼해 전원생활을 시작하면서였다. 이후 그녀는 일상 속에서 경험한 긍정을 많은 사람들에게 전파하는 방법에 대해 고민했다. 힘든 일을 겪는 동안, 긍정적인 정서를 갖는 훈련을 하는 것이 행복감을 높이는 데 얼마나 큰 도움이 되는지 알게 됐으니 그것을 예술과 연결시켜 쉽게 전달하고 싶었다. 그래서 캘리그라피와 수채화를 배우고 디자인 공부도 했다.

그러다 우연한 기회에 천연향초를 만드는 수업을 통해 향기를 만났다. 그녀는 본래 인위적인 향에 거부감이 있어 향수도 뿌리지 않던 사람. 하지만 천연 에센셜 오일에는 마음이 열렸다. 숲과 정원을 연상시키는 자연의 향이기 때문. 향초전문가 과정을 밟으며 천연 에센셜 오일이 우리의 몸과 마음, 영혼에 미치는 긍정적 영향력에 대해 알게 됐다. 공부를 하다 보니 원료에 대한 근본적인 것이 궁금해 아로마테라피 전문 교육기관을 찾아가 국제 과정까지 수료했다. 사람마다 아로마테라피를 공부하는 목적은 다르지만, 마음 치유에 관심이 많던 그녀는 무엇보다 향기가 사람의 정서에 주는 긍정적 영향에 끌렸다. 좋은 향을 이용한다면 긍정적인 에너지를 더 잘 전파할 수 있을 것 같았다.

살다 보면 대책 없이 외로운 순간과 맞닥뜨리게 된다. 사람은 누구나 공감해주고 위로해줄 수 있는 자기편이 필요하지만 나만을 위해 늘 곁에서 대기하고 있는 사람은 없다. 설사 있다 해도 언제까지나 그렇게 있어줄지 모를 일이다. 그렇다면 향기가 그런 역할을 해줄 수 있지 않을까. 피곤하고 지친 순간에 천연 향은 과하지 않고 편안하게 마음을 다독여주는 효과가 있다. 허브인데도 나무처럼 목질화되어 자라는 로즈마리의 향은 그 형태처럼 자부심을 갖는 데 도움을 주고, 태양의 에너지를 닮은 오렌지의 향은 행복감을 느끼는

데 도움이 된다. 사람들은 흔히 자신을 매력적으로 보이게 하는 도구로 향수를 사용하지만 개인이 아닌 공간 그 자체에 존재하는 향기는 힐링에 도움이 된다. 또 한편으론 특정 순간이 향기로 기억되기도 하니, 향기로 인해 좋았던 기억이 되살아나는 경험도 가능하다.

향기를 하나의 존재로 바라본 순간, 그녀는 항상 곁에 있어줄 수 있는 소중한 친구를 얻은 듯 든든했다. 다양한 마음공부를 해온 그녀에게 향기는 마침내 다다른 종착점 같았다. 향기로부터 응원받는 느낌을 받을수록 향기 공부에 더 깊게 빠져들었다. 그리고 누군가를 만났을 때 그 사람의 마음 상태에 도움이 되는 향기를 추천해주는 일이 많아졌다. 마음과 연계한 향기 강의도 시작했다. 긍정적 정서를 높이는 '강점 찾기'를 하고 그것을 향기와 연결해 자신만의 '강점 향수'를 만드는 수업을 진행했는데 반응이 꽤 좋았다. 퇴근 후 피곤한 상태로 수업에 온 사람들도 돌아갈 무렵엔 얼굴이 밝아지고 생기가 넘쳤다. 수업 과정에서 향기를 통해 힐링을 경험한 덕분이다.

그런데 캔들과 왁스타블렛을 마켓에 선보이고 여러 가지

향기 아이템을 본격적으로 개발하던 시기, 그녀는 일생일대의 사고를 겪었다. 아침부터 행사 준비로 바쁘던 날이었다. 마침 집에서 공사를 하고 있어 부산스럽게 작업실과 공사 현장을 오가던 중, 가열하던 캔들 컨테이너에 불이 붙었다. 놀란 상태에서 급히 불을 끄다가 그녀는 양팔과 발에 화상을 입고 말았다. 특히 오른쪽 팔과 손은 신경까지 일부 손상됐을 정도로 중증 화상이었다. 추진하던 일들이 모두 중단되고 그날로 시작된 병원생활은 두 달간 이어졌다.

처음엔 힘들다는 걸 느끼지도 못할 만큼 경황이 없었다. 그런데 입원 후 며칠이 지나자 우울감이 밀려왔다. 진통제의 기운이 떨어지는 새벽 시간엔 통증 때문에 고통스러워하며 잠들지 못했고 인생이 끝난 것만 같은 절망감을 느꼈다. 그때 한 걸음 떨어져 가만히 그 생각을 바라보며 천천히 심호흡을 했다. 고통스러웠지만 마음에서 일어나는 생각에 휩쓸리지 않는 연습이었다. 그렇게 시간이 흐를수록 조금씩 안정을 찾아갔고, 일주일 정도 지나니 더 이상 우울감도 찾아오지 않았다.

그 후로는 치료에만 집중했다. 병원에 온 첫날부터 '왜 하필 내게 이런 일이 생겼나' 한탄하는 화상 환자들을 자주 봤다. 하지만 그녀는 그 단계를 뛰어넘어 그저 낫기 위한 방법을 생각하는 데 집중했다. 왜 이런 일이 일어났을까 질문하면 부정적인 생각에 사로잡히고, 더 조심했어야 한다고 자책하게 될 뿐이다. 사고는 이미 일어난 일이니 받아들이고 화상환자로서 할 수 있는 것들을 열심히 했다. 항균과 면역력에 도움을 주고 우울한 감정을 달래주는 여러 가지 향기를 병실에 가득 발향했고, 피부 재생을 위해 잘 먹고 잘 자려고 노력했다. 간호사들도 그녀의 향기로운 병실에 들어설 때면 절로 밝은 표정을 지었다. 중증 화상은 대부분 피부이식 수술이 필수적이지만 그녀는 다른 환자들보다 재생이 빨라 비수술 치료를 선택할 수 있었다.

감염 위험이 높으니 퇴원 후에도 1년 가까이 사람이 많은 곳엔 되도록 가지 않았다. 외부활동을 하지 못하는 대신 그 시간 동안 아로마를 더 깊이 있게 공부했고, 아로마테라피 전문서의 번역에 참여하기도 했다. 그리고 매일 화상 부위에 좋은 천연 에센셜 오일을 찾아 바르고 마사지하며 정성스레 관리했다. 그 결과 의료진이 놀라워할 정도로 그녀의 피부는 다른 환자들과 다르게 나아갔다. 흉터가 생길 경우 기능 장애가 오는 것이 가장 힘든 일인데, 그녀의 상처는 느리지만 안정적으로 나아가며 기능이 점차 돌아왔다. 굽혀지지 않던 팔목과 손가락 관절을 움직일 수 있게 됐다.

아무리 평온하게 살려고 해도 우리의 인생길엔 돌이 날아들기도 하는 법이다. 예기치 못한 사고처럼. 그녀는 그 사실을 인정하고 받아들였다. 기나긴 치료과정은 결코 쉽지 않았지만 불평하지 않았고, 불행해하지도 않았다. 마음공부가 인생에서 얼마나 중요한 역할을 하는지 절감했고, 향기에 대한 확신도 얻게 됐다. 몸과 마음이 향기로 치유되는 과정을 경험했기 때문이다.

사고 이후 작업에도 변화가 생겼다. 오른손을 자유롭게 쓰지 못하니 상품 개발은 엄두도 낼 수 없는 일. 그러던 중, 하루는 조선시대 백자 항아리를 모은 '백자호 전'을 보러 갔다. 그녀는 전시장에서 아름다운 백자 달항아리를 마주하고 압도되는 경험을 했다. 감동은 그대로 작업으로 이어졌다. 달항아리에서 향기가 난다면 어떨까, 하는 생각에서 출발해 도자기에 향을 입힐 수 있는 방법을 연구했다. 깨질 위험이 높다는 현실적인 문제를 고려해 다른 소재를 찾다가 생각해낸 작업이 나무로 달항아리를 만드는 것. 한 목재회사를 통해 나무의 성질에 대해 배운 뒤, 목재 장인에게 삼나무를 달항아리 모양으로 깎아달라고 의뢰했다. 나이테가 고스란히 드러나는 나무 달항아리가 향을 머금은 채 숨쉬듯 발향하는 것을 본 사람들은 독특한 아이디어라며 감탄했다. 달항아리의 디자인과 상표를 등록했고, 자연스럽게 그녀의 대표작으로 자리잡았다.

향을 전하는 매개체로 나무와 직물 등 자연 소재를 선택해 작업한 여러 가지 아이템을 계속 선보였다. 다도에서 영감을 얻어 손에 쥐고 향을 음미할 수 있는 향잔, 린넨에 손자수로 장식한 향기 주머니인 향낭 등. 작가의 길을 가기 시작하니 자연스레 전시 기회도 찾아왔다. 젊은 가구 디자이너들과 함께 단체전으로 향기 전시를 한 뒤, 다음해엔 첫 번째 개인전도 치렀다. 그녀는 자신이 어떻게 해서 향기에 매료됐는지, 어떤 마음으로 향기 작업을 하기로 결심했는지 되새기며 첫 번째 개인전의 주제를 '평온'으로 정했다. 살면서 평온을 유지하는 일이란 쉽지 않다. 늘 내면이 물결친다. 그 물결을 잠잠하게 하기 위해서 필요한 것은 마음의 힘이고, 그 힘은 자신을 사랑하는 데서 나올 수 있을 것이다. 있는 그대로의 자신에게 너그러워지는 '자기자비'는 전시의 핵심 키워드가 됐다.

그녀는 전시장에 한지로 향기로드를 만들고 그 끝에 달항아리를 놓았다. '나는 있는 그대로의 나를 사랑한다'는 문구와 함께. 그 공간에는 마음을 평온하게 해주는 향기가 함께했다. 전시를 찾은 이들 중 몇몇은 달항아리 앞에서 눈물을 보였다. 그 앞에 서서 한참을 울다 나오는 관람객도 있었다. 향기를 통해 다정한 위로를 받고 나니 우울했던 마음이 편안해진다는 반응. 덕분에 그녀에게도 더욱 뜻깊은 첫 전시가 됐다.

사고가 난 지도 어느덧 3년이 흘렀다. 만약 그 사고가 없었다면 작가의 길을 가는 대신 제품 개발을 하며 사업가로 살았을지도 모를 일이다. 오랜 마음공부의 여정에서 향기를 만났고, 힘든 일을 겪었을 때 어느덧 단단해져 있는 자신의 마음근육을 확인할 수 있었다. 앞으로 향기 작가로서 계속해 갈 활동은 사람들에게 '당신은 혼자가 아니다'는 것을 알려주는 작업이 될 것이다. 삶을 향기롭게 만들어주는 좋은 친구를 소개시켜주듯이 말이다.

새로운 여행서를 준비하던 작년 봄, 런던으로 취재 여행을 다녀왔다. 바빴지만 즐거웠던 출장에서 돌아와 여독을 풀고 마감을 위한 에너지를 끌어올리기까지 시간이 꽤 필요했다. 마침내 원고를 쓰기 시작했을 때 일정은 빠듯한 상황이 됐다. 여름 출간을 목표로 매일매일 취재 내용과 사진을 정리해가며 일정 분량의 원고를 써나갔다. 시차 적응은 필요 없었다. 나는 밤에 집중이 더 잘되는 사람이니까. 런던과의 시차 그대로 해가 뜬 뒤 잠들어 오후에 일어나 움직였다.

약속도 만들지 않고 SNS도 하지 않으니 주변 사람들은 아직 내가 런던에 있는 줄로만 알았다. 바깥은 찬란한 햇살과 최악의 미세먼지가 번갈아가며 이어지는 봄날. 갑자기 우울감이 찾아왔다. 잠시 노트북을 덮고 밖에 나갈 기력도 의지도 없었다. 특별한 이유는 없었다. 아니, 찾으려면 이유는 많을 것이다. 그저 단 한 가지를 꼽을 수 없을 뿐. 우울증을 호소하는 이들이 가장 많고 자살률 또한 가장 높은 달이 5월이라고 한다. 다른 이들이 행복감을 느끼는 아름다운 계절에 상대적으로 더 크게 다가오는 박탈감 때문이라고.

집중을 하지 못하니 여행서의 원고는 3분의 2쯤 마무리된 상태에서 진행이 더딜 수밖에 없었다. 그리고 5월 말의 어느 새벽, 나는 뉴욕의 한 호텔에 이메일을 쓰고 있었다. 이런 내용이었다. '내가 작년 여름 그 호텔에 묵었는데 로비에서 정말 좋은 향이 났다. 무엇인지 알려줄 수 있나?' 3박 4일간 묵었던 호텔의 로비에 들어설 때마다 느꼈던 짙은 나무향이 강렬한 기억으로 남아 있긴 했다. 하지만 10개월이 지난 어느 새벽에 그 향을 찾기 위해 느닷없는 메일을 보내게 될 줄은 나도 몰랐다. 호텔 직원은 빠른 답장을 해왔다. 호텔의 콘셉트에 맞게 그 공간만을 위해 개발한 '딥 우드(Deep Wood)'

라는 시그너처 향이고 투숙객이 원할 경우 판매하기도 한다고. 그곳에서만 살 수 있는 향을 구입하기 위해 나는 바로 신용카드 번호를 회신했다. 24달러짜리 제품에 30달러가 넘는 배송료를 지불하고 일주일 뒤, 50밀리리터짜리 룸 스프레이가 집에 도착했다.

박스를 뜯어 처음 향을 뿌리던 순간, 그 향이 아닐까 하는 불안감 때문인지 조금 긴장했던 것 같다. 첫 펌핑에 거실에 퍼진 딥 우드의 향은 다행히 내가 기억하고 기다렸던 향이 맞았다. 이름처럼 깊은 숲이 연상되진 않았지만 드디어 다시 만났다는 안도감을 갖기엔 충분했다. 여행지에서 지나가듯 스친 인연을 그리워하다 완전히 다른 장소에서 반갑게 재회한 기분. 거실을 내가 머물렀던 호텔의 로비처럼 향으로 가득 채운 뒤 다시 노트북 앞에 앉았다.

봄의 우울은 쉽게 떨어지지 않았지만 딥 우드 향으로 인해 힘을 얻은 덕분인지 나머지 원고를 무사히 끝냈다. 호텔로부터 향에 대한 회신을 받지 못했다면, 그래서 구입하지 못했다면 어땠을까. 그래도 원고는 어떻게든 기한에 맞춰 끝냈겠지만 우울에서 헤어나오는 과정은 좀 더 힘들었을 것이다. 혼자만의 시간이 많았고 그만큼 할 일도 많았던 우울한 봄날, 좋은 기억으로 남아 있던 향기를 내 공간으로 불러들여 위로받고 싶었던 것 같다. 누군가에게 연락하고 밖으로 나갈 정도의 기력은 없었으나 말없이 함께해줄 존재가 필요했던 시간. 지난 봄은 내게 그렇게 향기로 남은 계절이었다.

여기, 그저 존재한다는 것

미래는 누구에게나 불확실하지만 진로 결정을 하지 못한 20대에겐 더욱 그렇다. 한국에서 대학을 졸업하고 어떤 일을 할지 확신이 없던 C씨도 마찬가지였다. 심리학을 공부했지만 전공을 살려 직업을 가지리라는 확신이 서지 않은 상태에서 무작정 대학원에 진학할 수는 없었다. 그래서 우선 언니가 있는 프랑스로 떠났다. 어학연수를 하는 동안 정말 하고 싶은 것이 무엇인가 하는 혼자만의 질문이 계속됐다. 시간이 흐르며 프랑스라는 환경은 예술, 특히 미술 쪽으로 그녀를 이끌었다. 한국에서는 미술을 전혀 공부하지 않았지만 왠지 마음이 갔고 프랑스에서 완전히 새로운 공부를 해보기로 했다. 포트폴리오를 준비해 시험을 봤고 한 예술대학에 합격했다. 그런데 재미있게 학교를 다니며 여러 분야의 미술을 접하던 중 또 다른 새로운 분야에 대한 관심이 생겼다. 그것은 춤이었다.

그때까지만 해도 무용이란 건 예쁜 몸을 가진 이들이 만들어내는 정형화된 동작으로만 알고 있었다. 그런데 그곳에서 접한 현대무용 공연들은 그런 고정관념을 완전히 깨뜨렸다. 미술작품을 감상하는 것보다 춤을 감상하며 몸으로 발산

하는 에너지를 느끼는 것이 더 직접적인 감동으로 다가왔다. 현대무용의 매력에 푹 빠져 2년간 수많은 공연을 보러 다녔다. 무용수들의 자유로운 움직임을 볼 때면 그들이 내뿜는 에너지와 생명력에 압도되는 기분이었다. 그 시간만큼은 마치 다른 세상에 와 있는 것 같았다. 공연을 보며 '나도 춤출 수 있을까.' 하는 생각도 가끔 했다. 몸으로 표현해보고 싶다는 욕구였다.

그러다 한 권의 책을 읽고 너무나 매력적인 춤이 있다는 것을 알게 됐다. '파이브리듬(5Rhythms)'이라는 춤. 가브리엘 로스가 어떻게 파이브리듬을 창안했고, 어떻게 사람들과 함께 춤을 췄는지에 관한 이야기가 담긴 그 책에서는 삶을 향한 열정이 느껴졌다. 직접 보지 못했고 영상으로도 접한 적이 없는 춤이지만 꼭 춰야겠다는 생각이 들었다. 그러나 아무리 검색해도 프랑스 안에서 그 수업을 찾을 수 없었기에 한동안 상상만 하며 혼자 춤을 추는 시도를 해보기도 했다. 예술학교 졸업반이 시작될 즈음, 드디어 프랑스에도 파이브리듬 수업이 있다는 사실을 알고 찾아갔다.

파이브리듬은 '플로잉(Flowing), 스타카토(Staccato), 카오스

(Chaos), 리리컬(Lyrical), 스틸니스(Stillness)'의 다섯 가지 리듬으로 구성된 춤. 각각의 리듬은 별도로 끊어지는 게 아니라 흘러가듯 자연스럽게 이어지므로 전체를 웨이브(Wave)라고 한다. 가브리엘 로스는 오랜 시간 수많은 사람들과 춤을 추다가 그들의 움직임에 다섯 가지의 공통적인 패턴이 있다는 것을 발견하고 각 리듬에 이름을 붙인 것이라 했다. 수업에 나가보니 티처가 있었지만 특정한 동작을 가르쳐주는 일은 없었다. 티처는 큰 호흡으로 전체 웨이브를 이끌어주고 사람들은 그 안에서 자신의 춤을 췄다. 몸의 에너지가 이끄는 대로 모든 것이 처음부터 끝까지 자연스럽게 진행됐다. 그 무렵 그녀는 졸업시험에 대한 스트레스와 더불어 미래에 대한 걱정이 많았다. 전공을 따라 아티스트로 살아갈 것인가, 한국에 가서 다른 직업을 찾아볼 것인가 하는. 그런데 이상하게도 춤을 추면서는 그런 불안한 생각이 들지 않았다.

그녀의 20대는 프랑스에서든 한국에서든 막막한 느낌이었다. 단순히 뭘 할지 모르겠다는 진로 문제 때문만은 아니었다. 경제적인 문제나 사회생활의 고충을 겪지는 않았음에도 살아간다는 것 자체로 힘들었다. '나는 누구인가'에 대한 것, 그것은 자신의 존재에 대한 질문이었다. 그 질문을 쫓아가다보니 심리학에 끌렸고, 오랜 시간 심리상담과 꿈 분석도 받았다. 프랑스에 살면서도 한국에 잠시 나올 때면 상담을 받곤 했다. 하지만 상담가의 말이 머리로는 이해되는 것 같아도 그로 인해 마음속의 질문이 해결되거나 답답함이 해소되진 않았다. 꿈 분석도 마찬가지였다. 언어로 오가는 것들로는 뭔가 부족한 느낌. 어쩌면 프랑스에서 미술이란 새로운 전공을 선택한 것도 그 질문을 풀기 위해서였는지 모른다. 그런 그녀에게 파이브리듬은 움직임으로써 내면의 자신과 만나게 해주었다.

1년쯤 파이브리듬 수업에 참여했을 무렵 그녀의 유학생활이 끝났다. 한국으로 돌아왔을 때는 서른 즈음. 결혼이란 이슈가 기다리고 있었다. 결혼을 강요하는 집안 분위기는 아니었지만 당시 만나던 사람이 있었고 결혼할 마음도 있었다. 하지만 뜻대로 잘되지 않아 결혼은 무산됐고 만나던 사람과는 이별했다. 게다가 커리어에 대해서도 명확한 계획을 세울 수 없었다. 한국사회에서 자신의 좌표를 짚어봤을 때 어느 한 방향을 정하고 가기 어려워 혼란스러웠기 때문. 프랑스에서 새로운 경험을 했던 6년 반이 휘발된 것 같은 기분마저 들었다.

또 유럽생활을 통해 달라진 시각으로 주위를 둘러봤을 때 이해되지 않는 부분이 너무나 많았다. 외국에서 그녀가 경험한 것과 눈앞에 펼쳐진 한국의 현실은 괴리감이 컸다. 어린 시절 가정과 학교에서 교육받은 대로 살아오다가 20대의 긴 시간을 유럽에서 보내면서 세상을 보는 자신만의 관점이 생겼으니 그럴 법도 했다.

그때부터 몸이 아프기 시작했다. 스트레스가 심해 체중이 급격히 줄었고 숨이 막혀 죽을 것만 같은 상황이 됐다. 그러자 오직 한 가지 생각뿐이었다. '춤을 춰야겠다, 살기 위해서 춰야겠다.'

하지만 한국에는 파이브리듬을 출 수 있는 곳이 없었다. 본래 춤을 즐기던 사람이 아니었기에 혼자서 추는 것은 내키지 않았고, 사람들과 함께 춤출 때 느껴지는 집단의 에너지가 그리웠다. 그 에너지는 무언의 지지 같은 것이었다. 그러니 파이브리듬 수업을 찾아가는 것만이 그녀로서는 최선의 방법. 다시 출국 준비를 하는 동안 부모님을 설득하는 것은 꽤 어려운 과제였다. 한국에서의 전공을 내려놓고 프랑스에서 긴 시간 미술을 공부하고 돌아온 딸이 이번에는 전혀 생소한 춤을 추러 가겠다고 하자 아버지는 분노했다. 가족과의 불화까지 생기자 마음은 더 힘들어졌다. 그래도 몸이 죽을 것처럼 아프니 절박했다. 결국 가족들의 이해와 지원을 받아 해외 워크숍에 몇 차례 참가했다. 이듬해에는 벨기에에 5개월간 머물며 주중에는 현지의 수업에 참여했고 주말이면 기차를 타고 유럽 곳곳을 다니며 워크숍에 참가했다. 오직 파이브리듬만으로 채워진 5개월이었다.

파이브리듬은 그룹 속에서 추지만 누군가에게 보여주기 위한 춤이 아니고 누군가를 위한 춤도 아닌, 오롯이 나를 위한 춤이다. 타인의 시선을 의식할 필요가 없고 잘 추냐 못 추냐의 개념도 없다. 춤을 출수록 그녀는 내면에 자리한 모든 것들이 뒤집어지고 바닥을 치면서 끄집어 올려지는 느낌이었다. 마치 발가벗겨진 것만 같았다. '나는 누구인가'라는 질문을 쫓아 내면을 들여다봤는데 모순적이게도 '아무것도 없다'는 것을 깨달았다. 다만 '나는 존재한다'는 사실이 남을 뿐. 스스로가 어떤 사람이라고 규정 짓는 것 자체가 잘못이었다.

본래 자신의 것이 아닌 많은 것들이 몸에 입력되어 있다는 사실도 확인했다. 그녀의 집에는 장애가 있는 고모가 함께 살았다. 고모는 어렸을 때 사고로 인해 다쳤는데 딸이라는 이유로 제때 치료받지 못해 장애가 남았고, 평생 치료를 계속하며 살아야 했다. 아픈 사람을 돌봐야 하는 가정에서 자라면서 어린 시절부터 느낀 어두운 집안 분위기와 그로 인한 죄책감 같은 것들이 자신도 모르게 내면에 쌓여 있었다. 고모가 다친 건 그녀가 태어나기도 전에 벌어진 일이니 전혀 그녀의 잘못이 아니었는데도 말이다.

부모님으로부터 받은 교육 또한 그녀를 자유롭지 못하게 했다. 무엇이든 치열하게 하라는 아버지의 가르침. 그분은 최선을 다해 살아온 자신의 삶의 방식을 자식에게 전하려는 것이었다. 물론 그 또한 아버지의 방식으로 표현한 사랑이라는 것을 알았다. 하지만 그녀는 아버지처럼 세찬 리듬으로 살아가는 사람이 아니고, 그런 식으로 사고하는 사람도 아니었다. 이제는 그 사실을 명확히 보게 됐다. 그녀는 춤을 통해 내면을 마주하면서 '이것이 정말 내게서 나오는 생각인가,

정말 내게서 나오는 감정인가'에 대한 인식을 계속하고 자신의 것이 아닌 것들을 내려놓기 시작했다.

그녀가 경험한 파이브리듬은 마음 또한 자신의 몸의 일부로 받아들이는 것이었다. 몸과 마음의 통합이 춤의 흐름 안에서 자연히 이루어졌다. 춤을 추면서 발이 땅에 닿아 있으니 이 상태로 안전하며, 분노든 슬픔이든 무엇이든 분출해도 괜찮다는 믿음이 생겼다. 춤을 추다 자신도 모르게 눈물이 흘렀던 적이 많다. 슬퍼서가 아니라 '나는 이곳에 존재한다는 사실로 충분하다'고 느꼈기에 언어를 넘어서 터져나오는 울음이었다.

삶이 힘들 때 왜 몸을 움직이고 싶었을까. 사람이 경험하는 것들은 모두 몸을 통하기 때문일 것이다. 20대에 명확한 이유도 없이 힘들었던 것도 몸에 귀속된 생의 흔적들 때문이란 것을 그제야 알았다. 그 흔적들로부터 자유로워지기 위해 그녀는 본능적으로 춤에 다다른 것이다. 풀리지 않던 부분들이 춤을 추며 조금씩 풀려갔다. 파이브리듬에는 'Dance first, Think later'라는 메시지가 있다. 일단 몸을 움직이고 생각은 나중에 이야기하자는 것이다. 선 경험, 후 이해. 뭐든

후기를 검색해본 뒤 괜찮다고 판단되어야 한번 시도해보는 요즘 분위기와는 꽤나 다른 방향이지만 그녀는 이것이 파이브리듬의 정수라 느꼈다.

춤에 몰두하는 시간 동안 그녀에게 다가온 또 한 가지 사실은 무엇이든 고정된 건 없다는 것이다. 수업에 참석할 때마다 다른 사람들 속에 섞여 춤을 췄고, 티처가 이끄는 주제도 매번 달랐다. 계속 만나고 헤어지는 환경이 파이브리듬의 본질과도 통했다. 좋아하는 것들은 간직하기 위해 애쓰고 싫은 것은 치워버리려 하지만 그 모든 것들이 변한다. 삶이란 결국 유동적인 것. 삶이 변화의 흐름 속에 있다는 사실을 받아들이는 일은 슬프기도 하지만 그럼에도 받아들일 수밖에 없다는 것을 춤을 통해 알게 됐다.

다시 한국으로 돌아온 뒤 이대로 계속 해외를 오가며 살 수는 없다는 생각이 들었다. 한국에 파이브리듬 수업이 없으니 스스로 티처가 되기로 결심하고 미국의 파이브리듬 센터에 트레이닝 과정을 지원했다. 이미 춤을 춰온 시간이 짧지 않았기에 지원 요건은 충족된 상태였다. 1년간 미국을 오가며 모든 과정을 이수했고, 그녀는 한국 최초의 파이브리듬

티처가 됐다.

그녀는 수업을 진행하며 마음이 힘들어서, 자유로워지고 싶어서 춤을 추겠다는 이들을 만난다. 그녀 또한 그랬다. 자유를 찾는 내면의 목소리가 들린다면 머리로 분석하지 말고, 자신의 춤에 모든 것을 내맡기고 흐름을 타야 한다. 몸으로 느낀 신뢰는 결국 자신의 존재에 대한 신뢰다. 무한한 자기 신뢰와 자기 사랑, 이것이 그녀가 파이브리듬을 통해 가장 크게 얻은 것이다. '나는 누구인가'라는 질문에 대한 답을 찾으려 노력하며 갈등을 겪었던 자신과의 모든 싸움을 그만두자 더 이상 그 질문을 하지 않게 됐다. 한때는 그토록 답답해했던 질문이지만 이제는 내면에서 녹아내린 듯하다. 그녀는 무엇을 하거나 어떤 사람이라는 설명이 필요 없는, 지금 이곳에 존재하는 자기 자신일 뿐이다. 그 자체로 충분하다.

Essay

춤에 관해서라면 나는 언제나 보는 사람, 관객이다. 가끔 공연장을 찾아 아름다운 무대를 보는 것으로 감동을 느끼고 위로를 받으며 힘을 얻곤 한다. 지난 가을, 무용 공연 애호가라면 놓칠 수 없는 공연이 있었다. 세계 최정상 발레리나로 꼽히는 스베틀라나 자하로바가 13년 만에 전막공연으로 내한한 것이다. 그녀는 유니버설 발레단과 함께 『라 바야데르』를 공연했다. 처음 무대에 등장하던 순간부터 놀라웠다. 그저 간단한 손짓 하나만으로 위엄이 느껴지는 모습. 타고난 신체조건에 뛰어난 테크닉과 연기력이 더해진 그녀의 모든 움직임은 경이로웠다. 완벽을 추구하는 무용수가 만들어내는 비현실적일 만큼 아름다운 세계에 빠져들어 현실의 고민으로부터 멀찌감치 떨어진 시간이었다.

자하로바의 무대를 본 날로부터 열흘 뒤, 완전히 다른 춤을 감상했다. 이번에는 영화였다. 이멜다 스턴톤이 주연을 맡은 영국 영화 『해피 댄싱』. 남편의 외도에 상처 입은 주인공이 언니의 권유로 댄스 수업에 참가하며 조금씩 마음을 치유하는 과정을 그린 작품이다. 댄스 수업에서 새로운 인연이 시작되고 생각과 태도가 변화하며 전개되는 이야기는 예상에서 크게 벗어나지 않는 내용이었지만 따스하고 밝은 에너지가 느껴졌다. 이 영화에서 춤은 노년의 삶에 활기를 더해주는 요소다. 완벽하지 않더라도 여럿이 함께 움직이고 호흡을 맞추며 즐길 수 있는 춤. 보는 동안 마음이 들뜨고 기분이 좋아졌다. 그들이 잘 춰서가 아니라 그들의 춤에서 열정이 전해져서.

파이브리듬에 관한 인터뷰를 한 것은 영화를 본 뒤 다시 며칠 뒤였다. '완벽'이란 단어를 써도 아깝지 않은 클래식 발레와 노인들이 일상의 활기를 되찾는 춤, 파이브리듬은 이 두 가지와는 또 다른 춤이었다. 처음 받은 인상은 굉장히 열려 있다는 것이었다. 짜인 틀이나 정해진 규칙 없이 흘러가듯 움직이면서 온전히 자신과 마주한다. 그 과정에서 혼자만의 내면 작업이 이루어진다.

머리로는 이해하더라도 여전히 낯선 느낌이 남아 있었다. 학창 시절 무용시간에 억지로 참여했던 것 외에는 지금껏 춤이란 것을 춰본 적 없는 내가 가질 수밖에 없는 의문은 이런 거였다. 다섯 가지 리듬에 따라 동작이 바뀐다거나 갑자기 멈추면 안 된다거나 하는 최소한의 규칙 정도는 있지 않을까.

그런데 그 또한 편협한 생각에서 나온 질문이었다. 무엇이든 정해진 질서가 있다는 고정관념이 강력하게 자리한 탓인지, 춤을 추다 멈추어도 된다는 그 간단한 생각조차 쉽게 하지 못했다. 눈물이 나면 멈춰서 울면 되고, 특정한 리듬에 마음이 동하지 않는다면 멈춰서 가만히 그 마음을 바라보면 된다.

클래식 발레로 황홀감을, 영화 속 주인공들의 댄스로 유쾌함을 느꼈다면, 처음 접한 파이브리듬으로는 다른 종류의 감정을 느꼈다. 그것은 자유로움이었다. 동시에 중요한 깨달음이 찾아왔다. 누구에게나 자신만의 리듬이 있다는 것. 타인의 속도를 쫓아갈 필요도, 몸짓을 모방할 이유도 없다. 파이브리듬은 나에게 맞는 호흡으로 나만의 춤을 추듯 살아가도 괜찮다는 것을 알려주는 듯했다.

지금의 나를 자유롭게 하지 못하는 건 더 이상 학교나 조직의 틀이 아니다. 스스로에게 정해진 기준을 들이대는 이는 다름 아닌 경직된 나 자신이다. 생각에 사로잡혀서 팔 한 번 제대로 못 들어올릴 사람이 바로 나구나. 나만의 호흡으로 리듬을 탈 수 있다면, 마음도 일상도 조금쯤 여유로워질 수 있을 텐데. 참으로 '불필요하게 반듯한' 스스로를 알아챈 기분이니, 우선 잔뜩 긴장해 있는 나의 마음근육부터 풀어야 할 것 같다.

에필로그 아픔을 마주할 수 있는 용기

인터뷰를 진행하다 보면 '나라면 저런 이야기를 스스럼없이 공개할 수 있을까' 하는 생각이 머릿속을 스쳐가는 순간이 있다. 잡지를 만들며 만났던 성공한 사람들보다, 개인적인 작업으로 책을 쓰며 만났던 이들의 아픈 이야기를 접할 때 그런 생각이 더 자주 들었고 존경스러웠다. 힘겨웠던 경험을 세상에 꺼내놓는 것은 큰 결심과 용기가 필요한 일이니까.

많은 이들이 마음 한편에 무언가 어렵고 아픈 부분이 있다는 걸 알면서도 그것을 미처 다 살피지는 못한다. 나 역시 그랬다. 바쁠 때는 마음을 돌볼 여유가 없어서, 또 지금 당장 삶에 큰 영향을 미치진 않으니 그냥 그렇게 살아왔다. 아직 묻어두고 싶은 일이기 때문이란 이유도 있었다. 상처를 바로 보는 것이 과거의 고통을 다시 불러오는 일이 되진 않을까 두려워, 시간이 지나면 괜찮아지리란 기대를 품고 그 상태로 덮어두곤 했다.

이 책에 등장한 열 명의 여성들은 마음의 응어리를 덮어두지 않고, 자신의 마음 상태를 제대로 알고 치유하기 위해 노력한 이들이다. 과거의 트라우마와 대면한 뒤 그로부터 벗어나고, 오랜 시간 갈등을 겪어온 관계를 새로운 방향으로 전환할 수 있었던 건 마음의 문제에 대해 끝까지 포기하지 않았기에 가능했다. 자신이 무의식적으로 겹겹이 쳐놓은 방어벽을 넘어서 본질에 다가가는 과정이 괴롭기도 했을 텐데, 그들은 '자유로워지고 싶어서' 그 작업을 계속했다고 고백했다. 마음의 어려움과 직면할 용기가 있었기에 자유로워질 수 있었고, 그렇기 때문에 그 이야기를 세상에 꺼내는 용기도 생겨난 것이리라.

인터뷰이들 중에는 한 가지 분야로 마음 치유를 한 이도 있지만 대부분은 여러 가지 방법들을 거친 이들이었다. 다양한 마음공부를 한 뒤 향기에 빠져들었거나, 심리학과 예술치료를 접한 뒤 명리학에 이른 것처럼. 그러고 보면 분야가 다르더라도 모든 마음공부는 결국 많은 부분에서 통하는 게 아닐까 싶다. 어떤 도구와 함께하든 평온한 마음 상태를 유지하며 나 자신으로 바로 서는 것. 그 목표를 향해 우리는 나아간다.

이번 작업을 하며 만난 분들의 이야기는 마음 치유에 관한 이야기이자 동시에 한국사회에서 살아가는 여성들의 이야기, 그리고 인생의 위기가 닥쳤을 때 가져야 할 삶의 자세에 관한 이야기이기도 했다. 수난다 명상센터의 문영민 대표님과 사랑빛 오라소마센터의 김동희 선생님을 포함해 소중한 이야기를 들려주신 분들, 그리고 섭외에 도움을 주신 분들에게 진심으로 감사의 마음을 전한다.

인터뷰를 하면서 내 마음에 대해서도 더 공들여 보게 됐다. 아픈 기억을 외면하고 사는 동안 어떤 상처는 사라지지 않고 더 단단해진 상태로 마음 속에 남아 있었다. 용기를 내어 그것을 똑바로 마주하는 일이 진정한 치유의 시작이 될 것이다. 불안하고 흔들리더라도 사실 내 마음 속에는 내가 알고 있는 것보다 더 많은 자원이 있으리란 어렴풋한 믿음이 생겼다. 나를 신뢰하고 그 내적 자원을 활성화시킨다면 더 자유로워지지 않을까. 마음공부의 여정에 대한 글을 쓰며 갖게 된 희망이다.

마음이 어렵습니다

1판 1쇄 인쇄 2019년 4월 10일
1판 1쇄 발행 2019년 4월 20일

지은이 안미영
펴낸이 박철준
펴낸곳 종이섬

편집 김서윤, 김나연
디자인 KMH
표지 일러스트 정진

출판등록 제410-2016-000111호(2016년 6월 17일)
전화 02-325-6743 **팩스** 02-324-6743 **전자우편** paper-is-land@naver.com

ISBN 979-11-6452-000-8 03810

* 이 도서의 국립중앙도서관 출판예정도서목록(CIP)은
서지정보유통지원시스템 홈페이지(http://seoji.nl.go.kr)와
국가자료공동목록시스템(http://www.nl.go.kr/kolisnet)에서
이용하실 수 있습니다.(CIP제어번호: CIP2019012030)

* 종이섬은 갈대상자, 찰리북의 임프린트입니다.